Ludwig Bechstein

Aus dem Sagenschatz der Niedersachsen und Westfalen

Herausgegeben
von
Wolfgang Möhrig

Husum

Umschlagbild:
Ansicht von Nörten-Hardenberg. Kolorierter Stahlstich um 1850

CIP-Kurztitelaufnahme der Deutschen Bibliothek

**Aus dem Sagenschatz der Niedersachsen und West-
falen** / Ludwig Bechstein. Hrsg. von Wolfgang
Möhrig. – Husum : Husum Druck- und Verlagsges.,
1984.
  (Husum-Taschenbuch)
  ISBN 3-88042-231-1
NE: Bechstein, Ludwig [Bearb.]; Möhrig, Wolfgang
[Hrsg.]

© 1984 by Husum Druck- und Verlagsgesellschaft mbH u. Co. KG,
  Husum
Satz: Fotosatz Husum GmbH
Druck und Verarbeitung: Husum Druck- und Verlagsgesellschaft
Postfach 1480, D-2250 Husum
ISBN 3-88042-231-1

I. Sagen aus Niedersachsen (einschließlich Bremen)

1. Wittekinds Taufe

Kaiser Karl der Große war gar mildtätig gegen Arme und Gaben Heischende, absonderlich an den großen Festtagen, deshalb folgten ihm auch die Bettler in Scharen nach. Da geschah es in einer Karwoche, daß Wittekind, der Sachsen Heerführer, der zu Engern saß, den Kaiser zu versuchen dachte, legte Bettlergewande an, ging in Karls Lager, wollte auch der Franken Heimlichkeit erkunden und setzte sich unter die Schar der Bettler. Da nun der erste Ostertag angebrochen war, wurde die heilige Messe gelesen, und wie der Priester das Heiligtum emporhob, so erblickte Wittekind durch ein göttliches Wunder in der Monstranz ein Kind, so schön, wie er noch nie eines gesehen hatte, und ward gegen das Kind voller Liebe. Nach dem Meßopfer wurden den Bettlern Silberpfennige ausgeteilt, und da wurde Wittekinds Heldengestalt erkannt trotz seiner Verkleidung und er vor Kaiser Karl geführt. Aber Karl empfing seinen großen Gegner gütig und sprach mit ihm über den Christengott und seinen Dienst, und Wittekind erzählte von dem Kinde, das ihm vorgeschwebt. Darauf hat der Sachsenheld die heilige Taufe willig angenommen und hat auch veranlaßt, daß viele seiner ihm untergebenen Fürsten und Führer sich taufen ließen, und Karl der Große machte ihn zum Herzoge von Sachsen, Engern und Westfalen und verwandelte das schwarze springende Roß, welches der Sachsenheld in seinem Schilde führte, in ein weißes.

2. Wittekinds Grab und Gedächtnis

Da Wittekind, der große Sachsenheld, der, solange es ihm nur möglich war, die Freiheit seines Volkes gegen Kaiser Karls Unterdrückung schirmte, gestorben war, so fand er sein erstes Begräbnis zu Engern in dem Stift, was er selbst begründet und erbaut, doch ward seinem Gebein, wie ihm selbst im Leben, wenig Ruhe beschieden. Denn hernachmals wurde es von Engern in einen schlechten Kasten nach Herford gebracht, und hernach aber nach Engern, doch wurde sein Gebein gleich dem eines Heiligen verehrt, auch sein Andenken in so hohen Ehren gehalten, wie kaum ein anderes eines deutschen Fürsten und Helden aus so früher Zeit, denn vormals ließen alle Fürsten zu Sachsen mit Stolz ihren Namen bis zu Wittekind zurückführen, ebenso die alten Herzoge zu Bayern, zu Schwaben, die Kapetinger in Frankreich, die Herrscher Oldenburgs und Dänemarks, Savoyens und andere. Da wollten alle Wittekinder sein. Kaiser Karl IV. hat des Helden Grabmal hoch geehrt und erneuern lassen. Es war darauf eine Schrift in Kreuzesform und des Helden Bild nach uralter Art mit perlengezierten Schuhen, Purpurtunika mit edelstein- und sternenbesäetem Überwurf, gar köstlich, und einem Hute, der einer Krone ähnlich.

3. Das Oldenburger Horn

Im heutigen Oldenburger Lande herrschte ein Graf, des Namens Otto, der hatte große Lust am Jagen und zog aus mit seinen Vasallen, Jagdgenossen und Jägern nach einem Walde, der hieß Bernefeuer, nicht allzufern von dem Osenberge. Da stieß dem Grafen ein Reh auf, das floh vor ihm her, und er hetzte es mit seinen Rüden und kam in der Verfolgung seinem Jagdgefolge ganz aus dem Gesicht, und sein weißes Pferd trug ihn also schnell von dannen, daß er selbst seinen schnellen Winden aus der Spur kam und sich mit einem Male, ohne auch nur von weiten etwas von seiner Jägerei zu sehen oder zu hören, auf einer stillen Bergfläche befand. Auch das Reh, das ihn so weit verlockt, sah er nimmer. Nun war die Hitze an diesem Tage groß, es soll im Julimond gewesen sein, und den Grafen durstete sehr, daher sprach er zu sich selbst: O Gott, wer kühlen Wassers nur einen einzigen Trunk hätte! – Siehe, da öffnete sich eine Felswand am Osenberg, und es trat aus ihr eine schöne, wohlgezierte Jungfrau, reizend anzuschauen, die hielt in ihrer Hand ein uraltes Jägertrinkhorn, verziert mit mancherlei seltsamem Bildwerk, das war von Silber überkleidet und kostbar vergüldet und überaus künstlich, voll Figuren, und das Horn war voll eines Trankes, den bot die Jungfrau dem Grafen sittiglich dar. Graf Otto nahm das Trinkhorn, schlug den Deckel auf und wollte es zum Munde führen, sah aber in das Horn hinein und beschaute den Trank, und der gefiel ihm mitnichten, denn als er ihn schüttelte, war er trübe und roch auch nicht wie Malvasier – und der Graf trank nicht. Die Jungfrau aber ermunterte den Grafen, er solle nur ihr vertrauen und trinken; es werde ihm und seinem Geschlechte gedeihen. Dies und die Landschaft Oldenburg werde davon ein gutes Gedeihen haben. – Aber der Graf weigerte sich fortdauernd, umso mehr, da die Jungfrau in ihn drang, doch zu trinken, und so sagte sie: Wo du nicht trinkest, wird in deinem Geschlechte und deiner Nachkommenschaft nimmermehr Einigkeit sein. Nun hielt der Graf immer noch das Horn mit dem Trunke in seiner Hand und hatte sein Bedenken, und da zuckte das Roß, und es troff etwas von dem Tranke über und auf des Pferdes hintern Bug, da gingen gleich dem Pferde die Haare weg. Jetzt langte die Jungfrau nach dem Horne und begehrte es wieder aus seiner Hand zu nehmen, aber der Graf behielt es in seiner Hand und ritt von dannen, und die Jungfrau schwand wieder in den Berg hinein. Den Grafen aber kam ein Grauen an, und schüttete das Horn aus und behielt es und ritt weiter, indem er sein Roß spornte, bis er sich wieder zu seiner Jägerei fand, zeigte ihr das Horn und erzählte, auf wie wunderbarliche Weise er zu dem köstlichen Kleinod gekommen sei. Darauf ist das Horn sorgsam im Schatz der Grafen von Oldenburg aufbewahrt worden.

Dieser Graf Otto war dieses Namens der erste in seinem edlen Geschlecht und hatte von seiner Gemahlin Mechthild, Gräfin von Alvensleben, fünf Söhne, deren ältester war Johannes der Erste, dieser hatte wiederum fünf Söhne, von denen ward der erste Udo geheißen, Bischof zu Hildesheim, der zweite aber hieß Huno, der war gar herrlich und ehrenreich, also daß er den Beinamen Gloriosus empfangen hat.

4. Friedrich der Löwensieger

Graf Huno von Oldenburg war auch ein frommer und rechter Mann, der lebte zu den Zeiten Kaiser Konrad des Saliers und wurde von diesem Kaiser zu einem Reichstag nach Goslar beschieden. Aber über den Übungen seiner Frömmigkeit vor Gott und über guten Werken verabsäumte er den Fürstentag, weshalb Übelgesinnte ihn übler und aufwieglerischer Gesinnung ziehen und den Zorn des Kaisers gegen ihn erregten. Und der Kaiser gebot, Graf Huno solle seine Unschuld durch ein Gottesurteil beweisen oder als Aufrührer sterben. Er solle auf Tod und Leben mit einem ungeheuern, grausamen Löwen kämpfen. Nun hatte Graf Huno einen jungen freudigen Sohn, der war stark und gewandt und mutvoll, der begleitete seinen Vater an des Kaisers Hof und trat für seinen Vater als Kämpfer ein, denn Graf Huno war alt und wäre dem grimmen Löwen wohl leicht erlegen. Beide gelobten der heiligen Jungfrau, wenn ihnen der Sieg zufiele, ein reiches Stift zu gründen. Vor dem Kampfe ersann der junge Graf von Oldenburg eine List, er ließ eine Puppe von Stroh und Leinwand lebensgroß anfertigen und dieselbe ritterlich bekleiden, so daß sie einen Mann vorstellte, die trug er vor sich her, und als der Löwe ihm entgegensprang, warf er ihm die Puppe entgegen, darauf fiel er den Löwen an, während der Löwe den Strohmann zerriß, und besiegte ihn ohne Verletzung. Der Kaiser war froh und umarmte den jungen Helden, schenkte ihm seinen eigenen Schwertgurt und seinen Ring und belehnte ihn mit vielen Gütern. Lange Zeit sind von diesem Löwensiege im Friesenlande Lieder gesungen worden.

5. Das Zwergvolk im Osenberge

Im Osenberge, aus dem vorzeiten die Jungfrau trat, welche dem Grafen von Oldenburg das Horn darreichte, gibt es Zwerge und Erdmännlein. Im Dorfe Bümmerstett war ein Wirtshaus, das hatte von den Zwerglein gute Nahrung. Sie liebten das Bier und holten es gern, wenn es vom Brauen noch warm aus der Bütte kam, und bezahlten es mit gutem Gelde vom feinsten Silber, obschon solches Geld kein landübliches Gepräge hatte. Da ist auch einmal ein uraltes Zwerglein zu durstiger Jahreszeit in das Brauhaus gekommen und hat Bier holen wollen, hat aber großmächtigen Durst mitgebracht und gleich etweliche gute Züge in die Hitze getan, darauf ist es eingeschlafen tief und fest, und niemand hat gewagt, es zu stören oder zu wecken. Aber als das steinalte Männlein endlich wieder aufgewacht ist, da hat es angehoben bitterlich zu weinen und zu klagen: Ach ach ach! was wird mein Großvater mir nun für Schläge geben! – Und ist so eilend davongesprungen, daß es gar seinen Bierkrug vergessen gehabt, und nimmermehr ist das Männlein oder ein anderes Gezwerg wieder in das Brauhaus zu Bümmerstett gekommen. Den Krug aber hob der Wirt gut auf, und hatte die beste Nahrung; dann heiratete des Wirtes Tochter, blieb aber mit ihrem Mann im Hause und setzte die Wirtschaft fort, und hatten auch lange Zeit Nahrung vollauf. Aber endlich wurde durch Unvorsicht der Krug zerbrochen, und von da an ging gleich die Wirtschaft den Krebsgang, und mit dem Kruge war das Glück zerbrochen, denn Glück und Glas, wie bald bricht das, oder Glück und Glas, wie bald zerbricht ein Bierkrug! Der Wirt, der die Tochter des alten Wirts gefreit hatte, wurde an die hundert Jahre alt und hat es selbst oft und viel erzählt, es ist aber schon lange her, daß er es erzählt hat, schon volle zweihundert Jahre.

6. Die Elben

In den Gewässern um die Nordseeküsten, um Friesland und zwischen der Elbemündung und Helgoland, erblickt man häufig schwimmende Eierschalen; in diesen fahren die Elben herum. Das sind kleine zarte Elementargeisterlein, teils guter, teils schlimmer Art. Sie wohnen im Wasser und kommen oft in Wasserbläschen über fischleeren Weihern auf die Oberfläche, hausen aber auch in kleinen Hügeln; in Brabant heißen diese Hügel Alvinnenhügel, da hat das alte Wort Alf, Elf, Elbe sich nur in Alfin, Alvinne umgewandelt. So klein der Elben Erscheinen ist, so groß ist ihre Macht, dies deutet nichts besser an als der große gewaltige Strom, an dessen Ausgang in das Meer sie wohnen und der ihren Namen trägt, die Elbe, darin wohl einen tiefen Sinn – des Naturgeistes Mächtigkeit zugleich im Kleinsten wie im Größten – die alte mythische Weisheit in der deutschen Sprache runischen Zauber bannte. So mag einer das Rätsel aufgeben, mit einem Wort das ätherisch Leichteste und etwas recht Schweres, ins Gewicht Fallendes zu nennen. Im Worte Elfenbein ist die Lösung gegeben.

In Westflandern sagen die Leute, wenn der Wind recht pfeift und heult: Alvinna weint — und denken sich unter der Alvinna eine mythische Persönlichkeit, es ist aber eben nur die personifizierte Naturstimme, als elbisch-dämonische Macht im dunkeln Volksbewußtsein lebendig.

7. *Die Kobolde*

Was im alten Preußenlande die Barstukken, das sind im nordwestlichen und südlicheren Deutschland die Kobolde, denen allda der Namen gar viele und mannigfaltige zugeteilt worden sind, so Heinzchen (bis Aachen), Hütchen und Hinzelmännchen (im Münsterlande), Knechtchen, Kurd Chiemchen, Heimchen (im Vogtlande), Hütchen und Wichtlein (in Thüringen und Franken bis nach Böhmen). Ihre Verrichtung ist fast überall dieselbe: Haus-, Küche-, Boden-, Keller- und Stalldienstleistung, ihr Lohn ein hingestelltes Schüsselchen mit Essen oder Milch. Ihr Anblick ihnen selbst vom Menschenauge unlieb — meist unhold, oft grauenhaft, nackt, in kleiner Kindesgestalt, ein Schlachtmesser durch den Rücken. Ein Kobold auf einem Schlosse zu Flügelau hieß Klopfer. Der tat lange Zeit treulich alle Arbeit, bis eins vom Hausgesinde darauf bestand, ihn sehen zu wollen, da fuhr der Klopfer als Feuerflamme zornig zum Schornstein aus und entzündete das Schloß, daß es bis auf die Mauern abbrannte. Ein ähnlicher Hausgeist auf dem Schlosse Kalenberg hieß Stiefel; wieder ein anderer beim Dorfe Elten im Herzogtum Kleve hieß Ekerken (Eichhörnchen), der war von echter Koboldnatur, mehr neckisch und tückisch als hilfreich: man sah von ihm nur bisweilen eine kleine Hand wie die eines Kindes.

Aller Kobolde Kobold aber war der vielberufene Hinzelmann.

8. Hinzelmann

Im Lüneburger Lande auf dem Schlosse Hudemühlen über der Aller begann man im Jahre 1584 zuerst einen Poltergeist zu spüren, der seine Anwesenheit durch allerlei Pochen und Lärmen kundgab; dabei aber ließ er es nicht lange bewenden, sondern er begann zu reden und zu sprechen, erst mit dem Gesinde, dann auch mit dem Schloßherrn, endlich auch mit fremden Gästen, was im Anfang allen gar graulich vorkam, unverhofft eine Stimme bei sich im Zimmer oder in der Küche vernehmlich reden zu hören und doch keinen Redenden zu erblicken. Da aber diese Stimme gar mild und fein war wie die eines Kindes, da der Spukgeist niemand beleidigte, vielmehr oft lachte, Kurzweil trieb, auch sang, so wurden die Schloßgenossen allmählich an ihn gewöhnt, so daß sie sich nicht mehr fürchteten und grauten, ja an ihn die Frage wagten, wer und woher er sei, wie er heiße, was er gerade auf Hudemühlen zu schaffen habe. Darauf erwiderte er, daß er vom böhmischen Gebirge komme, dort sei seine Gesellschaft, die wolle ihn nicht leiden, deshalb sei er ausgewandert, bis sich seine Sachen in der Heimat besserten. Er heiße Hinzelmann, auch Lüring, und habe eine Frau, die heiße Hille Bingels, von der er jetzt getrennt lebe. Einst werde er sich auch sichtbar zeigen, jetzt schicke es ihm noch nicht, und er sei ein so guter und ehrlicher Hausgeist als irgendeiner und viel besser als viele schlimme.

Das war nun dem Schloßherrn und dem Gesinde auf Hudemühlen verwunderlich anzuhören und ganz grauerlich, mit so einem wunderseltsamen Gesellen zusammenzuleben, der nicht daran dachte, seinen Abzug bald zu nehmen, und da dachte der Schloßherr, du willst ihm aus dem Wege gehen und nach Hannover ziehen. Ließ derohalben den Reisewagen zurichten und fuhr nach Hannover zu. Auf der stillen, öden, menschenleeren Strecke zwischen Essen und Brockhof sahen Kutscher und Diener fort und fort eine kleine weiße Flaumfeder neben dem Wagen herfliegen und wußten gar nicht, wie das zugehe, daß diese Feder fort und fort den Wagen begleitete. Als nun der Schloßherr eine Nacht in Hannover zugebracht hatte, war seine goldne Halskette fort, und er machte deshalb Lärm und beschuldigte die Leute im Hause der Entwendung, der Wirt aber nahm sich seiner Leute an und verlangte Beweis oder Genugtuung. Tief verstimmt darüber saß der Schloßherr auf seinem Zimmer, da fragte es neben ihm: Warum bist du traurig? Wohl wegen der Kette, so dir fehlt? — Wie? Du bist hier, Hinzelmann? Mir gefolgt? Und warum? Wo ist die Kette? — Sahst du nicht die weiße Feder, die neben deinem

Wagen flog? fragte der Geist. Das war ich, und ich folgte dir zu deinem Besten! Die Kette hast du gestern abend selbst unter dein Hauptkissen verborgen. — Und siehe, es befand sich also. Dem Schloßherrn war zwar lieb, daß die Kette wieder da war, aber daß Hinzelmann da war, das war ihm nicht im mindesten lieb, und zürnte mit dem Geist und beschloß, wieder auf Schloß Hudemühlen zurückzureisen, da er dem Kobold nicht entgehen konnte und dieser an seine Person sich fesseln zu wollen schien. Auf dem Schlosse Hudemühlen nun verwaltete Hinzelmann den Küchendienst in musterhafter Weise; er spülte auf, kehrte, scheuerte, putzte, mahnte Knechte und Mägde zum Fleiße an, teilte wohl auch nötigenfalls Scheller aus, pflegte auch der Rosse, wusch, kämmte, striegelte sie, daß sie zunahmen und glatt und glänzend aussahen wie die Aale. Hoch im Oberstock des Hauses Hudemühlen hatte sich Hinzelmann ein Kämmerchen zur Wohnung ausersehen, darin hatte er einen kleinen runden Tisch, einen Sessel, dessen Sitz das zierlichste Strohgeflecht war, das man nur sehen konnte und welches er selbst kunstreich verfertigt, und eine kleine zubereitete Bettstatt, die aber nie verrammelt war, nur ein Grübchen, wie etwa eine Katze macht, wenn sie sich auf ein Bette legt, fand sich jeden Morgen darin. Auf das Tischchen kam eine Schüssel süße Milch mit Semmelbröckchen, das leckte und schleckte der Hinzelmann so rein aus wie ein Kätzlein sein Schüsselchen. Bisweilen speiste der Geist aber auch mit an Tafel, wo ein Gedeck für ihn bereitgehalten ward. Hinzelmann war gern fröhlich mit den Fröhlichen, sang Reimverschen und Scherzlieder, doch nie eins, das unehrsam gewesen wäre, neckte gern, doch ohne Tücke, und hatte wohl seine Freude daran, wenn das Gesinde aneinander geriet, hetzte auch wohl ein wenig zu und ließ die Schläge, die es dann gegenseitig setzte, bis zu roten Striemen und blauen Flecken gedeihen, aber nicht weiter, daß Gesundheit und Leben nicht litten. Wenn die Gäste einander in die Haare gerieten und vom Leder ziehen wollten, konnten sie die Degen nicht aus den Scheiden bringen, oder es fand sich kein tödliches Gewehr, weil der Hinzelmann alles versteckt hatte. Einen Edelmann, der sich vermaß, den Hinzelmann mit Hilfe einiger Bewaffneten auszutreiben, foppte der Geist weidlich und schreckte ihn dann in Gestalt einer großen Schlange. Einen andern verhöhnte er und sagte ihm, was derselbe noch nicht zu wissen schien, daß er ein großer Narr sei. Als aber gar ein Teufelsbanner kam, der ihn mit Formeln wegplappern wollte, so riß ihm der Geist das Beschwörungsbuch in hundert Fetzen, warf diese im ganzen Zimmer herum und kratzte den Banner blutrünstig, gleich als sei er eine böse

Katze. Der Geist hielt sich auch zum christlichen Glaubensbekenntnis, wenn er schon bei dessen Hersagung mit leiserer und heiserer Stimme über manches hinwegglitt; er sang auch geistliche Lieder mit solchen, denen er wohl gewogen war, und diese mit seiner klaren Stimme, genug, es war ein sehr wunderlicher Geist. Einem Freund des Hauses, der vorbeireiste und dies ins Schloß melden ließ, der aber die Einladung Hinzelmanns wegen abschlug, weil er nicht mit einem Teufelsgespenst am Tische sitzen wollte, drohte Hinzelmann mit Rache, machte ihm die Pferde beim Weiterfahren scheu, brachte ihn in Angst und Schreck und warf Wagen und Gepäck und den Reisenden zwischen Hudemühlen und Eickelohr in den Sand.

Dem weiblichen Geschlecht war Hinzelmann sehr gewogen und sehr freundlich und umgänglich mit demselben. Besonders erfreuten sich die Schloßfräulein Anna und Katharine seiner Gunst; er unterhielt sich gern mit ihnen, begleitete sie, wenn sie über Land fuhren, als Flaumfeder, ja er schlief zu ihren Füßen auf ihrem Deckbette. Es war aber diese Neigung des Geistes für die beiden Jungfrauen von äußerst lästiger Art, denn er verscheuchte ihnen alle Freier, und es ist dahin gekommen, daß sie beide ledig geblieben und ein hohes Alter erreicht haben. Hinzelmann warnte manchen vor Unglück und Schaden, so einen tapfern Obersten, der zum Besuche nach Hudemühlen kam und ein guter Schütze und großer Jagdfreund war. Derselbe rüstete sich zu einer Jagd, als Hinzelmann sich vernehmen ließ: Thomas, siehe dich im Schießen vor, sonst trifft dich ein Unglück. Der Oberst achtete der Warnung weiter nicht, aber bei der ersten Jagd zersprang ihm beim Abdrücken auf ein Wild die Büchse und schlug ihm den Daumen weg. Ein anderer mutiger Kriegsmann kam auch zum Besuch, das war ein Herr von Falkenberg, der ließ sich viel mit Hinzelmann in Gespräche ein, neckte ihn und führte allerhand Spottreden gegen ihn, die den Geist verdrossen. Endlich sagte Hinzelmann: Falkenberg, Falkenberg, jetzt verspottest du mich! Komm nur in ein Treffen, da wird dir das Spotten wohl vergehen! – Dem Herrn von Falkenberg waren diese Worte sehr bedenklich, er schwieg und ließ den Geist in Ruhe. Bald darauf zog Falkenberg im Dienste eines deutschen Fürsten mit zu Felde, da riß ihm im ersten Treffen eine Falkonettkugel das Kinn hinweg, und nach drei Tagen starb er an dieser Wunde unter den größten Schmerzen. – Einen übermütigen und hoffärtigen Schreiber äffte und tückte Hinzelmann vielfältig, störte ihn in seiner Liebschaft und quälte ihn des Nachts. – Eine Magd, die den Hinzelmann gescholten hatte, sperrte er eine ganze Nacht lang in den Keller hinter Schloß und Riegel, wo sie sich fast zu Tode fürchtete.

Da der Schloßherr wiederholt in Hinzelmann drang, sich ihm doch einmal zu zeigen oder sich mindestens anfühlen zu lassen, gab auf langes Drängen und Bitten Hinzelmann endlich nach und sagte: Siehe, da ist meine Hand. Da fühlte der Schloßherr hin, und es war ihm, als fühlte er die Finger einer kleinen Kinderhand, aber kalt, und blitzschnell zog der Geist sie zurück. Als nun der Herr auch bat, ihm sein Antlitz befühlen zu dürfen, und Hinzelmann es zugab, so tastete der Herr an einen kleinen kalten Schädel, der ihm fleischlos zu sein schien, ehe er aber deutlich fühlen konnte, war der Schädel zurückgezogen. – So hatte auch die Köchin die leibliche Ruhe nicht mehr, sie wollte den Hinzelmann durchaus einmal sehen, er sagte ihr aber immer, es sei noch nicht an der Zeit, sie würde ihren Vorwitz bitterlich bereuen, aber sie hielt an, wie das kanaanäische Weib, bis ihr endlich Hinzelmann sagte, sie möge andern Tages vor Sonnenaufgang hinab in den Keller kommen, aber in jeder Hand einen Eimer Wasser mit hinunterbringen. Das deuchte ihr ein seltsam Verlangen, aber ihre stachelnde Neugier überwog jedes Bedenken, sie ging in den Keller und brachte das Wasser mit. Erst sah sie gar nichts, endlich aber fielen ihre Augen auf eine Mulde in der Ecke, und darin lag ein etwa dreijähriges nacktes totes Kind, dem steckten kreuzweis übereinander zwei Messer im Herzen, und der ganze kleine Leib war mit Blut überlaufen. Über diesen Anblick entsetzte sich die Magd so sehr, daß sie laut aufschrie und dann ohnmächtig niederstürzte. Da nahm der Geist die Wassereimer und goß ihr deren Inhalt über den Kopf, einen nach dem andern, da kam sie wieder zu sich, sah die Mulde und das Kind nicht mehr und hörte nur Hinzelmanns Stimme: Siehst du? Ohne das Wasser wärst du hier im Keller gestorben und nicht wieder zu dir gekommen! – So ungern und so wenig Hinzelmann sich Erwachsenen zeigte, und dann meist schrecklich, so gern gesellte er sich sichtbarlich als ein schönes Kind unter Kinder, spielte mit ihnen, hatte gelbes Lockenhaar bis über die Schultern hängen und ein rotes Sammetröcklein an. Wenn aber Erwachsene seiner gewahr wurden, schwand er sogleich aus dem Kinderkreise hinweg. Als der Geist vier Jahre lang auf Hudemühlen zugebracht, schied er freiwillig und verehrte noch vor dem Scheiden dem Schloßherrn dreierlei Andenken, das war ein kleines Kreuz, von Seide geflochten, fingerslang, inwendig hohl und gab geschüttelt einen Klang von sich, dann ein sehr kunstvoll geflochtener Strohhut und endlich ein lederner Handschuh mit Perlenstickerei in wunderbaren Figuren. Solange diese Stücke in guter Verwahrung beisammenblieben, solle des Hauses Geschlecht blühen und wachsen, würden sie aber mißachtet und verzettelt, so würde das Gegenteil stattfinden. Diese Stücke sind hernach im Besitz der beiden alten Fräulein Anna und Katharine geblieben und von ihnen bis zu ihrem Tode gar hehr gehalten und nur selten gezeigt worden, dann fielen sie an ihren Bruder, der sie überlebte, zurück, kamen auf dessen einzige Tochter, die sich vermählte, und sind dann wahrscheinlich verstreut worden. Hinzelmann schied im Jahre 1588 von Hudemühlen und soll hernach zu Estrup, auch im Lande Lüneburg, seinen Aufenthalt genommen haben.

9. Der Graf von Hoya

Drei Gaben sind es, die in mannigfaltiger Gestaltung die Sage durch Erd- und Wassergeister, durch Zwerge und Kobolde edeln Geschlechtern insgemein verleihen läßt und an dieser Gaben Dauer der Geschlechter Fortblühen und Dauerbarkeit knüpft. Wie der Hinzelmann dem Herrn auf Hudemühlen Kreuz, Hut und Handschuh schenkte, die Frau von Hahn dreierlei Stücke Goldes, der letzte Graf von Orgewiler von einer Feine ein Streichmaß, einen Trinkbecher und einen Kleinodring empfing, ingleichen auch die Frau von Rantzau durch ein Männlein oder Fräulein Rechenpfennige, einen Hering und eine Spindel zum Geschenke und Andenken von den Unterirdischen bekam und andere anderes erhielten, also geschahe es auch einstmals einem Grafen von Hoya, daß in der Nacht ein kleines Männlein an ihn herantrat und ihn, da er sich entsetzte, ansprach und sagte: Fürchte dich nicht und höre die Werbung, so ich an dich zu tun habe, und schlage mir meine Bitte nicht ab. — Was begehrst du? fragte der Graf und fügte hinzu: So ich's ohne meinen und der Meinen Schaden gewähren kann, sage ich dir's zu. — Darauf hat das Männlein also gesprochen: Nächste Nacht wollen unserer etliche in dein Haus kommen, deiner Küche und deines Saales sich bedienen, ohne Nachfragen und Lauschen deiner Diener, deren keiner etwas davon erfahren darf, das soll dir und deinem Ge schlechte zugute kommen, und in keiner Art soll jemand geschädigt werden. — Der Graf sagte zu, den Wunsch des Zwergmännleins zu erfüllen, und trug Sorge, daß seine Leute sich alle niederlegten und ihrer keiner um Küche oder Saal im Wege war. Da kamen in der Nacht die kleinen Leute alle zu Hauf, wie ein reisiger Zug, und wimmelten über die Brücke hinauf in das Schloß und in die Küche und schafften und rüsteten, kochten und brieten und trugen Speisen auf in den Speisesaal, was aber sonst in diesem sich begab, ist niemand kund geworden. Gegen Morgen kam dasselbige kleine Männlein, das den Grafen zuerst angeredet, dankte ihm höflich und brachte ihm drei Gaben dar; das waren ein Schwert, ein Salamanderlaken und ein güldner Ring mit einem roten Leuen eingegraben, diese drei Stücke solle der Graf wohl bewahren und nicht von sich und seinem Hause lassen, so werde es Glück haben und behalten. Hernachmals hat der Graf wahrgenommen, daß der rote Löwe im Ringschildlein jedesmal erbleichte, wenn in seinem Hause ein Sterbefall bevorstand. Nach der Zeit sind aber die Stücke doch hinweggekommen, und das Grafenhaus ist darauf erloschen; die Grafschaft Hoya aber ist dem Hause Hannover zugefallen.

10. Die drei Auflagen

Über die Stadt Osnabrück war ein Graf von Tecklenburg als Kirchenvogt gesetzt mit allerlei Rechten. Eines davon war, daß die Metzger sich von ihm mußten ihre Taxe setzen lassen. Diese Taxe brachte stets ein kleiner Burgzwerg auf einem Esel herunter in die Stadt, und ehe er mit der Taxe da war, durften die Metzger kein Lot Fleisch verkaufen, was ihnen stets sehr störend war, denn wenn die Käufer vom Markte hinweg waren, konnten die Metzger ihr Fleisch selbst essen. Vergebens bedrohten sie den Burgzwerg, wenn er sich nicht besser eile, und endlich, als seines Zögerns kein Ende wurde, so griffen sie ihn und zerhackten ihn und legten die Stücke in des Esels Tragkörbe und ließen diesen allein hinauf zur Tecklenburg treiben. Schrecklich war der Zorn des Grafen, er befehdete die Stadt, tat ihr allen Tort an und quälte sie so lange, bis sie um Gnade bat. Der Graf von Tecklenburg aber hatte nicht Willens, Gnade zu üben, sondern sprach höhnend, er wolle Gnade üben gegen das verräterische Osnabrück, wenn die

DER DOM ZU OSNABRÜCK

Stadt binnen Jahresfrist zwei Scheffel Wieselinghöfer einliefere, welches kleine Silberheller waren, die ein früherer Bischof aus dem Geschlechte der Grafen von Weckelinghofen hatte prägen lassen und die man nur noch selten sah, sodann zwei blaue Windhunde und zwei Rosenstöcke ohne Dornen. Da war guter Rat sehr teuer, diese drei Auflagen zu erlegen. Weit und breit wurden Boten umhergesandt, schlechte Heller gab es genug, aber keine Wieselinghöfer; blauen Dunst genug, aber keine blauen Windhunde; Rosenhecken genug, aber nirgend dornenlose, denn das gemeine Sprichwort sagt ja ausdrücklich: Keine Rose ohne Dornen. Für die Münzen wurde endlich doch Rat geschafft, denn der Rat zu Osnabrück ließ verkündigen, daß er Agio auf die Wieselinghofer Heller zahle, da strömten aus allen Nachbarlanden die Bettelleute wie Sand am Meere ins Bistum Osnabrück und lieferten Wieselinghofer ein, bis der Rat genug hatte und den Kurs wieder sinken ließ, wie ein Rothschild. Unterdessen waren ein Paar weiße Windhunde in ein Zimmer mit blauen Glasfenstern gebracht worden, blau angestrichen, die wurden von blaugefärbten und -gekleideten Wärtern gefüttert mit Blaumeisen, Blaukehlchen und gekochtem Blaukohl aus blauen Geschirren. Da bekamen die Windspiele Junge, die waren schon etwas blau angelaufen, dann wurden von diesen Jungen aber Junge erzielt, die waren blitzblau. Mittlerweile hatte der Rat ausgesonnen, Rosenschößlinge durch enge Glasröhrchen wachsen zu lassen, da blieben die Dornen inwendig, denn sie hatten keinen Raum, hervorzutreiben. Und so erfüllten die Osnabrücker die drei schweren Auflagen mit Last und Mühe und hatten fortan wieder gute Ruhe; die Metzgerzunft aber wurde bedeutet, ihre Hackekunst nicht wieder an Zwergen zu üben. Das Geschlecht der blauen Windspiele verlor sich bald wieder, aber die dornenlose Rose ward fortgepflanzt und hat sich von Osnabrück aus in alle deutschen Gärten verbreitet.

11. Hüggeleschmied

Nahe beim Dorfe Hagen in der Nähe von Osnabrück ist ein Erzberg gelegen, der heißt der Hüggele, darin hat es vordessen Goldes und Silbers in Fülle gegeben, und hatte auch eine Höhle, in der wohnte ein seltsamer Schmied, in manchen Dingen dem Grinkenschmied verwandt. Er war ein guter Mann beim Leben gewesen und hatte in Osnabrück gewohnt, aber als an einem Sonntag seine Frau aus der Kirche ging und vom Blitz erschlagen wurde, da war er in Verzweiflung gefallen, hatte gegen Gott gemurrt und sich selbst verwünscht. Und da war ein ehrwürdiger alter Mann zu ihm gekommen mit langem weißen Bart, der hatte ihn heißen mit sich gehen und hatte ihn in die Höhle des Hüggele geführt, da solle er über die Berggeister die Aufsicht führen und selbst schaffen und durch rastlose Arbeit büßen. Da hat der Hüggeler stetig geschafft und gehämmert, viel Geräte gefertigt, auch die Pferde beschlagen; die Leute kamen dann, banden das Pferd an einen Pfahl und verließen es auf eine Zeit. Wann sie wiederkamen, war es beschlagen; da legten sie den Lohn auf einen Stein und führten das Pferd hinweg. Sehen ließ sich der Hüggeleschmied niemals. Ein Bursche, von Habsucht geblendet, drang einstmals in Hüggeleschmieds Höhle ein und heischte Gold von ihm. Hüggeleschmied schenkte ihm eine goldene Pflugschar. Kaum war er heraus, so wollte er proben, ob sie auch wirklich Gold sei, und fuhr mit der Hand daran. Im Nu hatte er sich die ganze Hand verbrannt, und was in der Höhle Gold geschienen, war beim Tageslicht nur Glut. Dann war es eine Pflugschar von Eisen. Hätte der Narr fleißig mit ihr geackert, wäre er reich geworden, so aber verfluchte er die Pflugschar und den Hüggeleschmied ob der verbrannten Hand, da fuhr die Pflugschar in die Erde hinein und war da gewesen, im Hineinfahren aber erglänzte sie doch wieder wie gediegenes Gold.

12. Das Heilige Meer

In der Stadt zwischen Freren in der Niedergrafschaft Lingen und Ibbenbüren ist das Heilige Meer gelegen, ein weiter See, zweitausendfünfhundert Schritte im Umfange, von dem sagt man, daß es weder Holz noch Schiffe auf sich schwimmen lasse. Dort hat vorzeiten ein reiches Kloster gestanden, in dem es mehr weltlich zuging als geistlich, und lebten Abt und Konvent dem Sinnengenuß sonder Ordnung und Zucht. Da ist es durch des Himmels Zorn in einer grausen Wetternacht untergegangen und ein See an dessen

Stelle getreten, des Wasser ist so hell und klar, daß man an sonnigen Tagen drunten noch des Klosters Türme erblicken kann. Manche Leuten wallen noch hin und holen dieses Wasser, gleichsam als ein geweihtes, zu heiligem Gebrauch. Bei Stürmen wirft das Heilige Meer noch immer Balken und Sparren des versunkenen Klostergebäudes an die Ufer. Der vorübergehende Landmann, der solche sieht, betet ein Vaterunser oder ein Ave.

13. Schellpyrmont

Eine Stunde weit von dem blühenden Badeort Pyrmont ragt der Schellenberg empor, der trug ein uraltes Schloß, dessen Ursprung in die früheste deutsche Vorzeit hinaufragt. Die Sage will, dort habe Thusnelde gewohnt, Hermanns des Cheruskers Weib. Thusnelde hatte ein Vögelein, das konnte reden, flog im Lande umher und sagte ihr Neues an. Da kam eines Tages das Vögelein auch geflogen und schrie fort und fort:

Hessental blank! Hessental blank!

und zeigte damit an, daß ein Römerheer durchs Hessental ziehe, von dessen hellen Rüstungen und Gewaffen das Tal erglänzte. Da sandte Thusnelde alsbald Eilboten ab an Hermann, daß er sein Heer rüste, dem heranrückenden Feind zu begegnen.

In späterer Zeit war der Schellenberg ein Eigentum der Grafen von Peremont, in deren Grafschaft er lag, und ward deren Stammname abgeleitet vom Namen Petri mons, welsch Pierre mont, daraus zuletzt Pyrmont geworden sei, denn Kaiser Friedrich der Rotbart habe dem Erzbischof Philipp von Köln dieses Stück von Westfalen oder ganz Westfalen zu Lehen gegeben, und dieser habe auf dem Schellenberge ein neues festes Schloß gebaut und dasselbe dem heiligen Apostel Peter zu Ehren Petrimons genannt. Dies zu glauben oder nicht steht einem jeden frei, doch ist außerdem aus keinem der vielen Petersberge, bei Halle, bei Erfurt und sonst, ein Pyrmont geworden. Auch Schellpyrmonts Trümmer haben die Schatzgräber durchwühlt, aber nichts Sonderes gefunden.

14. Der goldene Kegel

Bei Ärzen, zwischen Pyrmont und Hameln, liegt der Lüningsberg, auf dem haben über einen schönen grünen Rasen weiße
Geister zur Nachtzeit mit goldenen Kugeln nach goldenen Kegeln geschoben. Das ist ein Rollen und Klingen gewesen, daß bisweilen die Vögel vom Schlummer erwachten und des Waldes Tiere gekommen sind und haben neugiervoll unter den Büschen her-
vorgelugt; die Menschen aber haben sich nicht herzugewagt,
denn jedem, der dies hätte versuchen mögen, wandelte ein gehei-
mes Grauen an. Ein kecker Webergeselle faßte sich aber endlich
doch ein Herz, er meinte, solch ein goldener Kegel sei mehr wert
wie ein hölzerner Webstuhl, und wollte sein Glück einmal mit
den Geistern versuchen. In einer lauen Sommernacht erstieg er
den Lüningsberg, trat in den Wald, kam an den Geisterrasen, sah
des Berges kleine weiße Geister, wie sie eifrig Kegel schoben und
keinen Kegeljungen dazu brauchten, denn die Kugeln rollten von
selbst zurück, und die Kegel stellten sich von selbst wieder auf.
Pfeilschnell und klingend rollten die Kugeln, mit tönendem Hall
sanken die Kegel um, und die Tiere lauschten, und die Vöglein
huschten im Gezweig. Hui, flog ein Kegel um, der rollte rasch zu
dem Weberburschen hin, der ängstlich und bebend im Gebüsche
lag, er hatte ihn in der Hand, wußte selbst nicht wie, und nun auf
und davon. Alsbald, wie die Geister den Verlust ihres Kegels erblicken, setzen sie hinter dem Räuber her, der läuft schon über
die Wiese am Bergesfuß, da fließt die Humme, und ein Baum-
stamm liegt über ihr als Brücke von einem Ufer zum andern. Wie
der Webergeselle den morschen Stamm betritt, merkt er die Geister dicht hinter sich, verfehlt den rechten Tritt, springt in den
Bach hinab. Da rufen Stimmen: Das war dein Glück! Im Wasser
haben wir keine Macht! Hätten wir zu Lande dich erreicht, so
hätten wir dir den Hals umgedreht! und schweben von dannen —
der Bursche aber hielt den Kegel fest, kam glücklich heim, baute
vom Golde des Kegels ein Haus, freite sein Mädchen und wurde
glücklich. Noch zeigt man am Mühlbach das Haus, eine große
Linde steht davor, noch zeigt man auch am Lüningsberge die
Geisterkegelbahn, aber die Geister kegelten seitdem nicht mehr,
da der neunte Kegel ihnen geraubt wurde.

15. Spuk unter den fünf Eichen

Nahe bei Ärzen liegt ein Dorf, heißt Selxen, und nahe diesem Dorfe standen fünf alte Eichen, jetzt stehen nur noch drei, man nennt es aber immer noch unter den fünf Eichen, dort tollt zur Nachtzeit greulicher Spuk umher. Schwarze Riesenhunde mit feurigen Telleraugen und rasselnden Ketten, dreibeinige Hasen, lustiges Galgengesindel vom nahen Totenberge, schwarze Raben, Fledermäuse so groß wie Nachteulen rennen, kriechen und fliegen durcheinander. Man sieht wohl auch nackte Jungfern tanzen von greulicher Gestalt. Einstens gingen zwei Bursche von Großenberkel, wo sie gearbeitet hatten, nach Selxen zurück, denen begegnete bei den fünf Eichen ein wunderliches Spukding. Es hatte weder Kopf noch Arme, noch Füße und hullerte auf sie zu und ließ ein Stöhnen hören. Der eine Bursche wollte beherzt darauf zugehen, der andere aber riß den Kameraden zurück, zu seinem Glück. — Ein alter Chirurg aus Ärzen hatte noch spät einen Kranken besucht, und als er an die fünf Eichen kam, da saß ein weißes Kaninchen am Wege, das fing der Chirurg, tat es in seinen Schersack und trug es fort, aber je weiter er ging, je schwerer wurde der Sack, er konnte ihn zuletzt nicht mehr tragen, setzte ihn hin und öffnete ihn. Da stieg ein Ding daraus hervor wie ein Mondkalb, über alle Maßen abscheulich, das fauchte ihn an, und da lief er, was er laufen konnte, und ließ den Sack samt allem Gerät darin im Stiche. — Ein anderes Mal kam ein alter Jude des Weges, auch schon spät am Abend, da saß an den fünf Eichen eine weiße Gans. Gott, dachte der Jude, was soll sitzen hier über Nacht die schöne Gans? Ich will sie doch nehmen mit mir und will sie machen fett. Die Gans aber wollte sich nicht gleich fangen lassen, sie zischte und schlug heftig mit den Flügeln, der Jude aber wurde ihrer endlich doch Herr und steckte sie in die Kiepe, die er trug. Wie er aber weiterging, so dachte er: Gott, gerechter, was ist doch die Gans so schwer. Wenn ich sie doch nur erst derham hätt'! Aber er brachte die Gans nicht heim, er mußte stehenbleiben, da rief es aus der Kiepe: Gleich trägst du mich wieder unter die fünf Eichen, Jud, vermaledeiter! Ach wie zitterte und bebte da das arme alte Jüdchen, half aber alles nichts, es mußte gehorchen und die schwere Last wieder zurücktragen, zum Glück wurde sie nun wieder mit jedem Schritt leichter, wie sie erst schwerer geworden war. Und wie das Jüdchen dort bei den Eichen war, kroch ein uraltes spindeldürres Weib fast mit einem Totenschädel und roten Augen und Haut wie Pergament aus der Kiepe und sagte: Danke auch schön, daß du mich getragen hast! und gab ihm ei-

nen Schlag ins Gesicht, daß er um und um taumelte. Hinter ihm
drein aber rief aus den fünf Eichen eine spottende Stimme den
Neckereien:

Wer mir die Gans gestohlen hat,
Der ist ein Dieb!
Wer mir sie aber wiederbringt,
Den hab' ich lieb.

Der arme Jude hat fast den Tod davon gehabt und hat weder bei
Tage noch bei Nacht jemals wieder Verlangen getragen, eine
Gans, die nicht sein war, zu fangen und heimzuschleppen, wollte
auch niemals unter den fünf Eichen lieb gehabt sein.

16. Die Kinder von Hameln

Es geschah im Jahre 1284, daß ein Mann von wunderlichem Aus-
sehen und bunter Tracht gen Hameln kam, der war ein Rattenfänger und verhieß sich, gegen ein gewisses Geld die ganze Stadt
von dem Ungeziefer der Ratten und Mäuse zu befreien. Das ward
ihm denn von einem hohen Rate und der Bürgerschaft zugesi-
chert, und darauf zog derselbe Mann ein Pfeifchen hervor, ging
durch die Gassen und pfiff, wie heutzutage in manchen Städten
Hirten und Nachtwächter pfeifen, weil das Blasen auf dem Kuh-
horn nicht städtisch genug klingt, und siehe, da kamen die Ratten
und Mäuse aus allen Häusern gesprungen und liefen in Scharen
hinter ihm drein, wie vordessen hinter dem Bischof Hatto von
Mainz her. Da nun der Rattenpfeifer durch alle Gassen gegangen
war, so wandelte er mit seinem grauen Gefolge durchs Wesertor
hinaus dem Strome zu, schürzte sein Gewand, trat in den Strom,
Ratten und Mäuse folgten ihm blindlings nach und ersoffen wie
Pharaos Heer im Roten Meere. Nun waren aber die Bürger zu
Hameln damaliger Zeit gerade so erschrecklich klug wie viele
Menschen noch heutzutage nicht nur zu Hameln, sondern all-
überall, sie legten den Maßstab des Lohnes nicht an die Kunst und
Wissenschaft, so einer innehatte, sondern an die Arbeit und Plage, die einer hat, um etwas zu vollbringen, und sprachen unter
sich: Es ist doch ein sündliches Geld, was dieser Rattenfänger sich
bedungen hat für so gar keine Mühe; ja wenn er Fallen gestellt
und Gift gelegt hätte in jedem Hause, das ließe sich hören — aber

so! Und ist es nicht heillos, daß er das Ungeziefer in die Weser gelockt hat, wo es nun die Fische fressen? Da mag ein anderer Weserfische essen, wir danken dafür. Und wie hat er es denn vollbracht? Mit einem Satanskunststück! Vielleicht gar nur ein Blendwerk; wenn er das Geld hat und fort ist, haben wir zuletzt unsere Ratten wieder. Wir wollen ihm nur das halbe Geld geben, und wenn ihm das nicht recht ist, so wollen wir ihn als einen Zauberer in den Turm werfen und abwarten, ob die Ratten und Mäuse nicht wiederkommen. – So sprachen erst unter sich die vorsichtigen und weisen, auch höchst sparsamen Bürger und Ratsherren zu Hameln, dann hielten sie das alles dem Rattenfänger vor und boten ihm das halbe Geld und drohten ihm mit dem Turme. Da nahm der Künstler das Geld und ging im Zorne. Darauf geschahe, daß am Tage Johannis und Pauli, der heiligen Märtyrer, war der 26. Tag des Heumondes, als die Leute in der Kirche waren, derselbe Rattenfänger wieder in den Straßen zu Hameln gesehen wurde, aber in Tracht eines Jägers mit schrecklichem Angesicht und mit einem roten, verwunderlichen Hut, und pfiff durch alle Gassen. Da kamen aber keine Ratten und Mäuse aus den Häusern, denn die blieben vertrieben und aufgerieben, wohl aber die Kinder, Knaben und Mädchen vom vierten Jahre an, und liefen dem Rattenfänger nach, auch eine schon ziemlich große Tochter des Bürgermeisters, der am meisten den Künstler angeschnurrt und bedräuet hatte, und die Kinder folgten ihm mit großen Freuden, führten sich an den Händen und hatte ihre Lust, selbst ein blinder und ein stummer Knabe gingen die letzten mit im Zuge, und der Stumme führte den Blinden, und hinterdrein kam auch noch eine Kindsmagd, die ein Kind im Mantel trug, die wollte auch sehen, wo es denn hingehen sollte. Der Schwarm zog, den Jäger an der Spitze, die schmale Gasse zum Ostertore hinauf und dann hinaus nach dem Koppelberg zu, der tat sich auf, der Pfeifer ging voran, die Kinder folgten, nur der stumme Knabe, der sich mit dem Blinden führte, blieben draußen, weil der Blinde nicht so sehr eilen konnte, denn knapp vor ihnen tat sich der Berg mit einem Male wieder zu, und da wandte die Kindsmagd auch wieder um und brachte das Geschrei aus in der Stadt, daß die Kinder in den Koppelberg geführt worden. Welch ein großer Schrecken! Die Kirche wurde geschlossen, die Eltern eilten voll Angst hinaus zum Berge, kaum fanden sie noch eine schmale Schluft als Wahrzeichen. Einhundertunddreißig Kinder kamen so hinweg, und nimmer kamen sie wieder, und war in der ganzen Stadt nur ein herzzerreißendes Jammern und Wehklagen und aufs neue schmerzlich offenbar, daß der blödsinnige Geiz und die torheitvolle Sparsucht die Wurzeln allen Übels sind. Lange, lange trauerte Hameln um seine verlorenen Kinder – zwei steinerne Grabeskreuze wurden ihnen an der Stelle geweiht, wo der Berg sich hinter den Kindern zugetan – eines den Knaben und eines den Mägdlein. In der Straße, durch die der Zug zuletzt gegangen, durfte nie wieder Trommelschall und Musikgetöse lautbar werden, selbst der Brautzüge Musik mußte in ihr verstummen, deshalb wird sie auch bis heute die Bungen-(Trommel-)straße genannt, weil in ihr nicht darf getrommelt werden; lucus a non lucendo.

Der Unglückstag blieb schwarz angeschrieben in Hamelns Annalen; das Rathaus verewigte sein Andenken in diesen Zeilen einer Steinschrift:

> Im jar 1284 na Christi gebort
> tho Hamel worden uthgevort
> hundert und driczig kinder, dosülvest geborn,
> dorch enen piper vnter den köppen verlorn.

An der neuen Pforte wurde die Kunde lateinisch in Stein geschrieben; im Jahr 1572 ließ der damalige Bürgermeister die Wundermär in der Glasmalerei der Kirchenfenster bildlich erneuern, die auch ohne das, vom Mund zu Munde gehend, unsterblich fortlebte.

Noch geht die Sage, daß die Kinder von Hameln unter der Erde hinweg nach dem Lande Siebenbürgen geführt worden seien, wo sie wieder an das Tageslicht gekommen und dort, nachdem sie erwachsen, den sächsisch-deutschen Volksstamm begründet hätten. Den grausamen Rattenfänger und Teufelspfeifer hat niemand wiedergesehen, aber nach ihm haben hernachmals alle Ratten- und Mäusefänger des Heiligen Römischen Reichs Jägertracht angelegt und sich Kammerjäger genannt, wie es Kammerknechte, Kammerboten und andere Kammerbetitelte gab und noch gibt.

17. Gaul aus dem Pfuhl

Bei Dassel liegt ein Pfuhl, von dem geht die Sage wie von den Teufelskreisen auf dem Schneekopf im Thüringer Walde und vom schwarzen Moor auf dem Rhöngebirge, daß er unergründlich sei und ein Wohnplatz und Tummelplatz des Teufels. Zu Leuthorst saß ein Bauer, der konnte nimmer genug haben und hatte neben dem Pfuhl einen Acker, den pflügte er an einem Sonnabend und brachte sein Werk vor Feierabend nicht zu Ende und pflügte immer fort. Die Betglocke läutete, aber der Bauer hatte kein Acht darauf; er stand nicht still wie andere bei den dreimal drei feierlichen Schlägen, tat seine Mütze nicht ab und sprach kein frommes Vaterunser, er rief vielmehr seinen Pferden zu: Jü hott, ihr Schindmähren! Wollt ihr in Teufels Namen ziehen, daß 's endlich ein Ende wird? Hatte auch seinen Jungen bei sich, der mußte neben den Pferden herlaufen und sie schlagen und antreiben, und endlich prügelte er selbst die Pferde und den Jungen wie unsinnig und wünschte sie zu allen Teufeln. Schon wurde es dämmerig, da stieg ganz langsam ein großer kohlenschwarzer Gaul aus dem Meerpfuhl, und wie der Bauer den sah, freute er sich der Hilfe und rief dem Jungen zu: Geh hin, fange den Gaul und spanne ihn vor den Pflug in aller Teufel Namen, daß wir mit dem verfluchten Acker zu Rande kommen! Der arme gescholtene und geprügelte Junge heulte und schrie, doch gehorchte er und holte den schwarzen Gaul als Vorspann, und nun ging es, heißa, hast du nicht gesehen; die Schar riß Furchen in den Acker so tief wie ein Weggraben, und der Bauer konnte die Hand nicht mehr vom Pflugsterz bringen und mußte laufen, und wie er an des Ackers Ende war und wenden wollte, da ließ das der Gaul nicht zu, sondern zog immer geradeaus frisch und gewaltig bis an den Pfuhl, und da ist er hineingegangen mitsamt dem Bauer, Pflug und Pferden, und ist keines davon wieder zum Vorschein gekommen.

In selbigem Teufelspfuhl liegt auch eine goldene Glocke, die stammt vom Kirchturm zu Portenhagen, und weil sie einen so wonnesamen Klang hatte, dem niemand widerstehen konnte, und alles in die Kirche gleichsam magisch zog (jetzt gibt es leider keine solchen Glocken mehr), da hat sie der Teufel aus Gift und Ärger geholt und in den Pfuhl geworfen. Einst wagte sich ein Taucher in den Meerpfuhl hinab, vielleicht die Glocke heraufzuwinden; da sah er auf einer grünen Wiese einen Tisch, und auf dem Tisch stand die Glocke, aber unter dem Tisch lag der Teufel als ein schwarzer Hund, der funkelte ihn an mit feurigen Augen und streckte eine armslange feurige Zunge gegen ihn heraus, und daneben war auch ein grünes Meerweib, das rief: Noch nicht an der Zeit! Noch nicht an der Zeit! Da eilte der Taucher, wieder hinaufzukommen, und seitdem hat niemals wieder jemand die goldene Glocke gesehen.

In der alten Grafschaft Dassel ist auch ein Dorf, Coenhausen, in dessen Kirchturm hängt eine Glocke, von deren Läuten das

Volk fest glaubt, daß es die Gewitter vertreibe. Diese Glocke hat die bekannte Aufschrift, welche über Schillers Gedicht von der Glocke zu lesen ist:

Vivos voco, mortuos plango, fulgura frango.

18. Die Zwergenwiege

Obschon die Sage geht, daß ein Riese Hiddesacker oder Hitzakker gegründet, so ist gerade zu Hitzacker von Riesen wenig oder gar nicht, desto mehr aber von Zwergen die Rede. Diese sind dort sehr häufig und zu allen Zeiten wahrgenommen worden, bis sie zuletzt ausgewandert sind, weil es ihnen ging wie insgemein den Auswanderern, es gefiel ihnen nicht mehr da, wo sie wohnten, in den Bergen und vornehmlich im Schloßberge zu Hitzacker. Lange haben sie sich mit den Einwohnern sehr gut gestanden, und nicht haben sie, wie die Heinzchen zu Aachen, von diesen Geschirre geliehen, sondern die Leute liehen dergleichen von den guten Zwergen, selbst Braupfannen, wofür sie nichts verlangten, als daß die Leute ihr Geräte reinlich und sauber wieder an den Ort zurückstellten, wo sie es genommen, und etwa einen Krug Frischbier dazu und etwas frisches Brot. Aber einstmals hat ein reisender Handwerksbursche, der so eine Pfanne fand, die zur Zurücknahme hingestellt war, den Zwergen das Brot weggegessen und das Bier weggetrunken und etwas Unsauberes in die Pfanne getan, da sind die Zwerge böse geworden, haben ihr Geräte nicht mehr hergegeben und sich ihr Bier in den Kellern selbst geholt, haben auch die Kinder hernach gern umgetauscht, und wäre solches dem Bürgermeister Johann Schultz, da seine Mutter mit ihm in den Wochen lag, beinahe selbst begegnet, denn die Wöchnerin sah schon, wie sie in der Nacht aufwachte, eine ganze Schar Zwerglein in ihrer Stube sitzen, die einen Wechselbalg wärmten und ihr Kind angriffen, weil sie aber Dosten und Dorant bei sich im Bette hatte, konnten sie ihr und ihrem Kinde nichts anhaben, doch behielt letzteres ein Mal. Dosten und Dorant sind gar gute Kräuter, das erste heißt auch Wohlgemut (Origanum), untergestreut vertreibt es die Nattern; des zweiten Name ist vielen Kräutern gemein: der Katzenmünze, dem kleinen Löwenmaul, der Schafgarbe und dem Andorn (Marrubium), der letzte ist der echte. Da die kleinen Leutchen fortzogen, hat ein Fährmann sie über die Elbe gefahren, da hat es nur so gewimmelt im Kahn, und hat der Fährmann eine gute Belohnung bekommen. Im Weinberge bei Hitzacker haben die Zwerglein eine goldene Wiege von ihrem Königskind zurückgelassen, die läßt sich alljährlich einmal sehen in der Johannisnacht von zwölf bis ein Uhr, wer gerade die rechte Stelle trifft und sich zu solcher Nachtzeit an den Berg traut. Ein schwarzer Hund mit feurigen Augen bewacht sie. Wer sie holen will, darf nicht reden und darf sich nicht vor dem Teufel fürchten. Zwei beherzte Burschen wollten an das Wagestück gehen, da sahen sie schon die Wiege und keinen Hund, aber plötzlich sahen sie, daß sie unter einem Galgen standen, und oben auf dem Balken saß der Teufel und fahndete mit Schlingen nach ihren Hälsen, da schrien sie erschrocken auf, und da waren auch gleich Wiege, Galgen und Teufel verschwunden.

19. Der Brautstein

Vielfach trifft man in weiten ebenen Landstrecken des nördlichen Deutschlands, wo weit und breit kein Urgebirge zu erblicken, vereinzelte, oft sehr große Granitfelsenstücke an; die Gelehrten nennen dieselben erratische Blöcke. Ein solcher Block oder Stein liegt auch in der Nähe des Städtchens Lüchow auf der Kolborner Heide, er sieht über und über rotgesprenkelt aus und ragt vier Fuß hoch über den Boden.

Ein adeliges Liebespaar, dem des Schicksals Fügung Abschiednehmen gebot, denn der Ritter mußte in den Krieg ziehen, saß auf diesem Steine, der inmitten eines Birkenwäldchens lag, und gelobte sich gegenseitig ewige Treue. Ringsum am Boden blühte ein niedriges Sträuchlein voll weißer Blumen in Fülle. Der Ritter warf die Besorgnis im Gespräche hin, ob die Geliebte ihm wohl treu bleiben werde, sie aber fühlte sich durch solche Frage sehr gekränkt und schwur, daß, wenn sie treulos werde, dieser Fels sich bewegen und ihr Grabstein werden solle. Bei so heftigem

Schwur gab sich der Ritter zufrieden und schied beruhigt von der lieben Braut.

Es kam aber nach einer Zeit, daß die liebe Braut gar schön ihres fernen Bräutigams vergaß, wie das so zuweilen zu geschehen pflegt, und hatte einen neuen Buhlen und ging mit ihm spazieren auf der Kolborner Heide ins Birkenwäldchen, und kamen auch von ohngefähr an den Felsblock und ließen sich darauf nieder und führten Gespräche von der Liebe des Nächsten. Da erhob sich mit einem Male der Stein riesengroß aus der Erde und zurückweichend — der Liebhaber stürzte an den Rand der dadurch entstehenden Vertiefung, die Treulose aber stürzte hinein recht wie in ein offenes Grab und ward vom Stein, der gleich über sie sich wälzte, so zerschmettert, daß ihr Blut ihn bespritzte und auch die weißen Blumen rings umher.

Wieder nach einer Zeit kehrte der Ritter heim, und sein Weg führte ihn durch jenes Wäldchen, und da er an den Stein kam, sah er, daß er mit rötlichen Flecken und Adern überlaufen war und die Blumen rot waren, die zuvor weiß gewesen. Da ahnete ihm nichts Gutes, und er zog sein Schwert und führte einen Streich auf den Stein, da sprang ein Blutstrahl heraus, und ein Klageschrei tönte aus der Tiefe. Da pflückte der Ritter einen Strauß von den Blumen, bestieg sein Roß und zog wieder in den Krieg, aus dem er nimmer heimkehrte. Die Blume, welche zuvor weiß und hernach rot blühte, das ist die Heide. Und den Stein hat man hernach den Brautstein genannt und die Heide Brauttreue. Selten findet man hie und da noch einen Heidestengel mit weißen Blüten.

20. Die Wehklage

Auf der Lüneburger Heide wandelt das Klageweib, ein riesiges hohläugiges, todbleiches Gespenst, in Sturmnächten im wehenden Leichengewand umher und heult durch die Nächte mit grausenvollem Wimmern. Über die Häuser, darinnen jemandem der baldige Tod bestimmt ist, streckt das Gespenst den langen Knochenarm, und ehe der Mond sich vollendet hat, ist auch eine Leiche im Hause. Man weiß auch in Thüringen von diesem Nachtgeist zu sagen und nennt ihn dort Wehklage, so in den Städten

Weimar, Erfurt und nach dem Harze herüber. Dunkel, wie die Zeit seines Erscheinens, ist dieses Gespenstes Ursprung und in Schauer gehüllt. Bestimmte Sagen gibt es von ihm sehr wenige.

21. Die Salzsau

Vor achthundert Jahren war um Lüneburg noch eitel Wald und Morast, da geschah es, daß Jäger einer wilden Sau nachgingen, die sühlte sich so recht nach Herzenslust im Schlamm und legte sich dann auf eine trockene Stelle und schlief, und wie die Sonne so recht auf die Sau schien, da gewannen deren schwarzbraune Borsten gar eine schöne weiße Farbe. Das nahm die Jäger wunder, und sie töteten die Sau, und da fanden sie, daß eitel gutes reines Salz an den Borsten kristallisiert war, von einer herrlich gesättigten Sole. Dadurch ward das ergiebige berühmte Salzwerk zu Lüneburg zuerst entdeckt, und es wurde auch von selbiger Sau etwa ein Schinken nicht gegessen, sondern zum ewigen Andenken in eines hochweisen Rates Küchenstube zu Lüneburg aufbewahrt, mit lateinischen Versen und in einem gläsernen Kasten. Auch die Haut mit den kandierten Borsten ward aufbehalten. Das Salzwerk ward die Sülze genannt, und weil Lüneburg neben ihm einen namhaften Berg und eine treffliche Brücke hat, die über den Fluß Ilmenau führt, so ward ein lateinischer Denkspruch auf diese drei Herrlichkeiten gedichtet, der gerade so anfängt, wie es in einem auf die sieben Wunder von Jena lautet, nämlich: Mons, fons, pons. Damit allem Mutwillen beim Salzwerke gesteuert werde, wurde in Zeiten ein Turm erbaut, welcher der weiße Turm hieß, aber seine weiße Farbe nicht, wie die Salzsau, von Salzkristallen erhielt, in diesen Turm legte man mutwillige und boshafte Sülzer und legte sie an eine große schwere Kette, und da hat sich der Teufel auch in den Turm gelegt und hat darin herumrumort, wie im Ponellenturm zu Aachen, und hat alle Nacht ein Maul voll davon abgebissen, welches ihm nicht schlecht muß bekommen sein, denn schon vor mehr als hundert Jahren geschah Meldung vom weißen Turme, daß er ganz zerfallen sei und nur die große Kette noch gezeigt werde.

DER SAND ZU LÜNEBURG

22. Der nackte Spiegel

Nördlich von Lüneburg liegt die Stadt Bardewick, die war einst gar groß und blühend, reich und mächtig, und das zu einer Zeit, wo die Salzsau noch gar nicht zur Findung der Lüneburger Sülze Anlaß gegeben hatte und diese jetzt so volkreiche Stadt wohl kaum begründet war. Da ließ sich's im Jahr 1189 die Stadt Bardewick gelüsten, sich gegen ihren Herrn, Herzog Heinrich den Löwen von Braunschweig, aufzulehnen und ihm den Eintritt in die Stadt zu verwehren. Der war aber ein Löwe, welcher keinen Spaß verstand, am wenigsten den des Trotzes; er zog daher vor die Stadt und traf Anstalt, sie zu stürmen. Die Bürger aber pochten auf ihren Mut und ließen den Herzog von der Mauer herunter einen nackten Spiegel sehen, zum Schimpf und Hohn, und war sotaner Spiegel nicht sonders hell und blank geputzt. Darob ergrimmte der Herzog fürchterlich und schwur den Bardewickern den Spiegel zu putzen, daß die Stadt ewig an ihn denken sollte. Und er hielt Wort auf eine löwengrimmige Weise; drei Tage stürmte er und gewann die Stadt, ließ alles, was nicht entrinnen konnte, niedermachen und verwandelte die blühende alte Stadt ganz und gar in einen Trümmerhaufen. So schwer ward nie ein Hohn bestraft. Ein Jahr später erst ward den Flüchtlingen vergönnt, aus den Trümmern von Bardewick weit davon eine neue Stadt anzulegen, und das wurde Lüneburgs Ursprung, und erst lange nachher siedelten sich allmählich wieder Einwohner auf der Stätte des zerstörten Bardewick an.

23. Bremer Roland

Auf dem großen und weiten Marktplatz zu Bremen steht eine uralte Rolandsäule, die ist das Zeichen der Freiheit dieser Stadt, die nimmer vergehen soll, solange das alte Heldenbildnis steht. Die Sage geht, daß für den Fall, daß je ein Naturereignis den Roland niederstürze, im Ratskeller noch ein zweiter Roland als Ersatzmann aufbewahrt werde, und müsse solches jedoch innerhalb vierundzwanzig Stunden geschehen, sonst sei es getan um die Bremer Freiheit. Am Rolandbilde steht diese Schrift:

DER DOM ZU BREMEN

Friheit do ick ju openbar
Da Carl vn mannig fürst vorwar
Deser stadt gegefen hat,
Deß danket Got, ist min rath.

Unten aber am Rolandbilde wird die Figur eines Krüppels erblickt als ein Wahrzeichen, an welche Figur diese Sage geknüpft ist. Es war eine Gräfin von Lesmon, die war reich an Land und Gütern und besaß eine ausgedehnte stattliche Weidefläche. Da es nun dem Stadtrat an einer solchen gebrach, ward sie angegangen durch des Rates Abgeordnete, ihm ein Stück davon kauf- oder lehenweise abzutreten. Da nun darüber die Gräfin mit den Herren Gespräches im Freien pflog, kroch ein äußerst lahmer Krüppel heran und bat die reiche Gräfin um ein Almosen. Dieses dem Krüppel darreichend, sprach die Gräfin lächelnd zu den Ratsverwandten: Ich will der guten Stadt Bremen von meiner Weide so viel zum Geschenk machen, als dieser Lahme in einem Tage umkriechen kann. Sie meinte damit nicht allzu viel zu verschenken, und der Rat meinte auch nicht zu viel zu erlangen, denn das Kriechen des armen Krüppels war gar jämmerlich anzusehen – aber als ihm nun guter Lohn verheißen ward, so fing der Krüppel an so munter und rasch zu kriechen, daß jedermänniglich sich verwunderte, denn er war, obschon lahm, ganz stark von Knochen und von rüstiger Kraft, und so umkroch er die ganze große Bürgerweide, die noch heute der Stadt Eigentum ist. Der hohe Rat bedankte sich bei der Gräfin auf das schönste, verpflegte den Krüppel lebenslänglich auf das beste und ließ zum ewigen Andenken dessen Bild unterm Bilde der Stadtfreiheit, am großen Roland, anbringen.

24. Gottes Krieg

Im Jahre 1349 kam über die gute Stadt Bremen schweres Verhängnis. Die Pest wütete in ihr, und außen vor den Mauern lag ein Feind, Graf Martin von Oldenburg, der sie hart belagerte und bedrängte. Zuletzt wurde die Not durch die Krankheit in der Stadt so groß, daß die Bürger die Mauern nicht mehr verteidigten, die Tore nicht mehr verschlossen, sondern in mutloser Ergebung untereinander sprachen: Sterben müssen wir doch, einerlei wie –

komme es, wie es komme. Da nun die Hauptleute vor den Kriegsherrn traten und sprachen: Die Stadt ist offen und unverteidigt, lasset uns hineinfallen und Beute machen nach dem Kriegsbrauch und dem Recht des Eroberers, da sprach Graf Martin von Oldenburg mit ernster Würde: Mitnichten soll also geschehen, denn da Gott, der allerhöchste König, mit der Stadt Bremen kriegt und sie in größter Not sich schon befindet, so ziemt es sich nicht, daß auch wir sie ferner schädigen. Lasset uns einziehen als menschliche Bezwinger, denn ob wir jetzt der Stadt Bremen feind sind, so können wir in der Folge doch wieder ihr Freund werden. Und so geschah es, und der Graf zog ein, und durfte keiner von seinem Volke an Menschen oder am Eigentum der Stadt sich irgendwie vergreifen.

25. Die sieben Trappen

In der Gegend von Hannover beim Dorfe Benthe stehen im Felde sieben Steine aufrecht beisammen, die nennt das Volk die sieben Trappen oder die sieben Gruften. Ein Ackerbauer kam mit seinem Knecht von der Arbeit zu dieser Stelle, und der Knecht erinnerte seinen Herrn, daß er noch ein gut Teil Lohnes stehen habe und diesen Lohn jetzt ausgezahlt zu erhalten wünsche. Der Bauer konnte oder wollte sich auf diese Schuld von dem Knecht nicht besinnen und sagte, er sei dem Knecht nichts schuldig. Der Knecht aber sprach: Ich schwöre bei Gott, daß Ihr mir es schuldig seid! – Und ich schwöre bei sieben Teufeln, daß ich dir nichts schuldig bin! schrie der Bauer. Und der Teufel soll mich beim siebenten Schritt in die Erde schlagen, wenn ich nicht recht habe! – Sprach's, und richtig – beim siebenten Schritt krachte es wie ein Gewitter, die Erde tat sich auf, und vom Bauer blieb nichts zu sehen als seine letzten sieben Trappen, die er dem weichen Fußboden eingedrückt.

Nach anderer Sage war es ein Brauer, der mit seiner Magd also ungerecht handelte und sich dem bösen Feind verschwur und den das gleiche Los für seine Gottlosigkeit traf. Nachher wurden die sieben Steine zum Gedächtnis und Wahrzeichen in die Erde gesetzt und der Gemeinde Benthe deren Erhaltung vom Amte Calenberg empfohlen, gegen Empfang eines halben Scheffel Roggens alljährlich. Niemand geht gerne nachts bei den sieben Trappen vorbei, denn es ist dort nicht geheuer, und mancher Spuk hat dort die Wanderer geäfft und mehr noch erschreckt.

26. Hilde Schnee

Kaiser Ludwig der Fromme jagte einst zur Winterszeit im Walde und verlor sein Reliquienkreuz, das er stetig am Halse trug. Da sandte er Diener aus, das vielwerte Kreuz zu suchen, und siehe, tief im Walde trafen sie mitten im Schnee einen blühenden Rosenstrauch, und an diesem Strauche lag des Königs Kreuz, ließ sich aber nicht von dannen heben und wegnehmen. Da ward dem König die Wundermär angesagt, und er eilte selbst an den Ort und fand nur eine Waldstrecke beschneit in Form eines großen Kirchenschiffes und am obern Ende den über und über voll blühenden Rosenstock und daran am Stamm das Kreuz, daß sich der König über alle Maßen verwunderte. Da rief er aus: Das ist Hilde-Schnee (Rosenschnee), und kniete nieder und betete zu Gott, ihm zu offenbaren, warum das Kreuz nicht von der Stelle wolle. Und da ward ihm offenbaret, einen Dom zu bauen: So weit des heiligen Schnees Umfang reiche, so groß solle des Domes Umfang sein. Da gelobte der König den Bau, und da vermochte er sein Kreuz wieder an sich zu nehmen. Ludwig ließ alsbald den Raum abstecken, den Tempelbau beginnen und trug Sorge, daß der Rosenstock erhalten bleibe. Um das hohe Münster siedelten sich nun Bau- und Werkleute und andere Fromme an, der König verlegte das Bistum von Elze an diesen Ort, der nun fortdauernd Hildeschnee hieß, bis daraus im Laufe der Zeit der Name Hildesheim entstand. Der Rosenstock wuchs fort und gedieh und steht heute noch am Hildesheimer Dome. Seine Wurzeln treibt er bis unter den Hochaltar, da schnitzte einst ein frommer Domherr aus einem Wurzelstock ein Kruzifix, das ward in hohen Ehren gehalten, und jeden Karfreitag, oder jeden Morgen in der Karwoche, mußten die Domherren das Kreuz in das Heilige Grab legen, das im Paradiese, oder der Vorhalle, bereitet war. Einstmals vergaßen die Domherren, dies zu tun, da hob das Bild sich von seiner Stelle und wandelte von selbst in das Grab. Seitdem ward es das Wandelkreuz genannt und noch mehr denn zuvor verehrt.

IM KREUZGARTEN DES DOMES ZU HILDESHEIM

Auch im Hildesheimer Chorgestühle soll, wie zu Corvey durch die Lilie und zu Lübeck und Breslau durch eine Rose, der jedesmalige bevorstehende Tod eines Chorherrn durch eine weiße Rose angezeigt worden sein.

27. Hütchen

Da Bischof Bernhard zu Hildesheim regierte, fand sich in seiner Residenz ein eigentümlicher Kobold ein, welcher nicht wie jener vielförmige Hinzelmann vorzog, unsichtbar zu bleiben, sondern sich vor jedermann in einem Bauernkleide sehen ließ, sehr fromm und gutmütig erschien und beständig einen spitzen Filzhut tief über das Gesicht trug, daher ihn das Gesinde bald nicht anders nannte als Hödeken, das ist Hütchen, weil man von seinem Kopfe eigentlich nur den Hut sah. Dieser seltsame Geist ließ sich gern in mancherlei Gespräche ein, gab guten Rat, fragte und antwortete und erzeigte sich gefällig und hilfreich. Zu einer Zeit, da Graf Hermann von Winzenburg durch einen seiner Vasallen wegen schlimmen Handels und begangener Untat samt seiner Gemahlin ermordet worden war und dadurch des Grafen Land herrenlos, weil er noch keine Kinder hatte, trat Hütchen in derselben Stunde, in welcher die Tat geschah, in des Bischofs Schlafgemach, erweckte ihn und sprach: Stehe auf und wappne dich; die Grafschaft Winzenburg ist erledigt. Nimm dein Volk und gewinne sie dir und deinem Stift. Da brach Bischof Bernhard schleunig auf mit Kriegsvolk, fiel in die Grafschaft, nahm Besitz von ihr und ließ Hildesheim vom Kaiser auf ewige Zeiten mit ihr belehnen. Später fand sich noch ein Erbberechtigter, und um diesen nicht zu sehr zu verkürzen, bekam er nun die Grafschaft vom Bischof zu Lehen. Dieser Graf von Winzenburg hatte zwei Söhne, die schon erwachsen waren und in Unfrieden lebten. Es war bei der Belehnung festgesetzt, daß nicht der Älteste, sondern immer der die Vorhand haben solle, welcher zuerst um die neue Belehnung nachsuchen werde. Als der alte Graf starb, hatte der ältere Bruder nichts Eiligeres zu tun, als sich zu Pferde zu setzen und gen Hildesheim zu jagen; der jüngste aber hatte kein Pferd und war ratlos und konnte für sich nichts hoffen. Da trat Hütchen zu ihm herein und gab guten Rat. Schreibe einen Brief an den Bischof, sprach er. Melde deines Vaters Ableben und suche um die Belehnung nach. Dein Brief soll schneller hinkommen als dein Bruder. Da schrieb der jüngere Graf schnell seinen Brief und drückte sein Siegel darauf, und Hütchen nahm den Brief, schlug Richtwege ein geradeaus über Gebirg und Wald gen Hildesheim und kam eine oder einige Stunden früher an als jener, gerade so früh, daß in der Kanzlei des Bischofs für den jüngeren Bruder ein neuer schöner Lehenbrief in bester Form geschrieben werden und des Bischofs und Kapitels ovale Siegel in blechernen Kapseln darangehängt werden konnten. Der Bergpfad heißt noch heute Hütchens Rennpfad und ist nicht leicht zu finden.

So leistete Hütchen gute und nützliche Dienste und erwies sich vielen hilfreich. Einem armen Nagelschmiede schenkte er ein halbes Hufeisen, Nägel daraus zu schmieden, jeder Nagel aber, den der Mann daraus fertigte, ward zu Gold. Der Tochter desselben gab er eine Rolle Spitzen, die kein Ende nahm, soviel man davon maß, doch durfte eine gewisse Zahl Ellen nicht überschritten werden. Ein Domherr zu Hildesheim, dem der Wein besser zu Halse ging als die Weisheit und die Wissenschaft, sollte zu einer Kirchenversammlung als Orator abgeordnet werden, da ward ihm schrecklich bange, denn er fühlte gar zu sehr selbst, daß sein Wissen und Weissagen Stückwerk sei, und daß er mit seiner Redekunst nicht glänzen werde. Auch dem half Hütchen aus Angst und Not; er fertigte ihm ein kleines Kranzgeflecht von Lorbeerlaub, Siegwurz und Allermannsharnisch, das mußte der Chorherr bei sich tragen, und siehe da, auf der Kirchenversammlung erschien der Orator von Hildesheim als ein gar großes und hellbrennendes Kirchenlicht, und ward jedermänniglich erstaunt und erbaut von des Mannes mächtiger Redegabe, und hätten viel spätere Redner von ihm lernen oder sich glücklich schätzen können, wenn ein gescheites Hütchen ihnen beigestanden.

Zu Hildesheim hatte ein Mann ein schönes Weib mit einem vielliebenden Herzen, der mußte verreisen und übertrug dem Hütchen die Hut und Ehrenwache. Welche Not aber Hütchen hatte, diesem Ehrenamte vorzustehen, das ist nicht zu sagen. Freudig eilte der Geist dem endlich heimkehrenden Manne entgegen und sagte: Gut und dreimal gut, daß du wieder da bist! Einmal und nicht wieder dein Weib gehütet, lieber alle Schweine in ganz Sachsenland auf einmal als solch überlistigen und ränkevollen Weibes Hut!

Da aber Hütchen neben großer Gefälligkeit doch jezuweilen die schlimme Koboldnatur blicken ließ, sich zornig und rachsüchtig zeigte, auch unnachsichtig der Dienerschaft Fehler rügte, so wurde er dem Gesinde und endlich auch dem Bischof selbst doch zur Überlast, und so bannte ihn durch kräftige Beschwörung der Bischof von Hildesheim hinweg.

28. Irmensäule

Im Dom zu Hildesheim wird gezeigt eine Säule, zierlich von Marmor, mit vergoldeten Erzringen, elf Fuß hoch und ein Marienbild tragend. Die soll früher des alten Sachsengottes Irmin Bildsäule getragen haben und wird daher noch immer Irmensäule genannt.

Jenes Götterbild stand zu Eresburg, jetzt Stadt Berge an der Diemel, und ward gebrochen von Karl dem Großen im Jahre 772. Wenn mit einem Messer an die Säule geschlagen wird, gibt sie einen hellen Schall; bei heißer Sommerzeit ist sie sehr kalt und schlägt sich aller Dunst an ihr in Tropfen nieder, so daß sie zu schwitzen scheint. Die Sage geht, daß Karl der Große sie habe nach Hildesheim bringen lassen, und nachderhand hat man auf die ehernen Ringe lateinische Verse eingegraben, welche aber zur Irmensäule und ihrer Geschichte keinen Bezug haben, vielmehr darauf hinzudeuten scheinen, daß die Säule keine andere Bestimmung hatte, als einen riesigen Leuchter abzugeben. Manche sagen, Irmen sei Irmin, Armin, Hermann, der Befreier Deutschlands, dem göttliche Verehrung zuteil geworden. Ob der Name des Dorfes Armenseid bei Alfeld nicht ein verstümmelter Nachhall des Namens Arminsäule sei, lohnte sich wohl zu erforschen zu suchen.

29. Von Heinrich dem Löwen

Herzog Heinrich, der Herr der Braunschweiger Lande, fuhr über Meer; ein Sturm erfaßte sein Schiff und verschlug ihn und sein Schiffsvolk in unbekannte Meere; alle Speise ging ihnen aus, und der Hunger quälte sie über die Maßen. Da mußte einer nach dem andern sein Leben opfern für der andern Sättigung, und bestimmte das Los den, welcher sich mußte töten lassen. So fristeten sie eine Zeit ihr Leben, und immer fügte es Gott, daß das Los des Herzogs nicht gezogen wurde. Endlich war nur noch der Herzog und ein einziger Diener auf dem Schiffe, und der Hunger nahm kein Ende. So losen wir nun zum letztenmal, sprach traurig der Fürst, und wen das Los trifft, der sterbe. — Nein, lieber tötet mich, o Herr! sprach der treue Knecht. — Nein, wir losen, antwortete der Herzog. Und da warfen sie das Los, und es traf Heinrich. Aber der Diener sprach: Nimmer werde ich meinen liebwerten Herrn töten, ich habe noch einen Rat, ich will Euch in eine Ochsenhaut einnähen und Euer Schwert dazu, vielleicht sendet der Himmel Euch eine Rettung. Das war der Herzog zufrieden, und als es geschehen war, so kam ein Vogel Greif geflogen, der faßte die Haut in seine Krallen, glaubte ein Tier zu rauben und trug die Beute weit übers Meer in sein Nest, dann flog er wieder hinweg, und Heinrich durchschnitt mit dem Schwerte die Haut, und da die jungen hungrigen Greifen ihn anfielen, schlug er ihnen mit dem Schwert die Köpfe ab, dann nahm er sich eine Klaue mit und stieg von dem hohen Baume, darauf das Greifennest war, in den Wald hinab. Lange irrte der Fürst in diesem wilden Walde, endlich hörte er ein nie vernommenes Geschrei, ein Brüllen, das wie Donner klang, und einen heisern pfeifenden Laut und gellend, daß der ganze Wald davon schallte. Wie nun der Fürst dem furchtbaren Schreien nachging, so sah er einen großen Löwen und einen entsetzlichen Lindwurm miteinander im wütenden Kampfe, doch drohte schon der Löwe zu unterliegen. Da gedachte der Fürst, daß der Löwe doch ein schönes und edles Tier und der Tiere König, der Lindwurm aber ein giftiges Tier sei, und stand dem Löwen bei, befreite ihn und erlegte den Lindwurm nach langem Kampfe. Wie der Löwe sich befreit und sein Leben gerettet sah, streckte er sich dankbar zu des Herzogs Füßen und verließ ihn nur, um Speise zu fangen, die er mit ihm teilte. Dem Herzog war in dieser Einsamkeit, in dieser Gesellschaft und bei dieser Kost nicht allewege wohl zumute. Da das Meer nahe war, so baute er sich, so gut er konnte, ein Floß und fertigte ein Ruder, und als der Löwe eines Tages wieder jagen gegangen war, da bestieg der Herzog sein Floß und stieß vom Strande. Bald aber kam der Leu zurück, vermißte den Herrn, folgte seiner Spur, kam zum Strande und sprang alsbald in die Meerflut, dem Floß nachschwimmend, das er auch bald erreichte, und dort streckte er sich wieder geruhig vor den Herrn hin. Aber auf dem Meere gab es kein Wild zu jagen, und die Pein des Hungers kehrte ein mit verzweifelnden Gedanken. Da erschien dem Herzog der Teufel und sagte ihm: Daheim bei dir in Braunschweig geht es heute lustig zu, da ist Freude die Fülle, und du schwebst hier herum zwischen Wasser und Wolken und hungerst; hier ist Hunger bei dir, und dort daheim bei dir ist Hochzeit, denn dein Weib ist deines Ausbleibens müde und nimmt sich einen andern jungen Mann, einen gar schönen Grafen; dich hält sie längst für tot. Herzog Heinrich erschrak über diese Rede, und der Teufel fuhr fort: Du möchtest doch wohl gern auch bei sotaner Hochzeit sein! Ergib dich mir, so führe ich dich noch heute heim, da kannst du mit tanzen. – Das wolle Gott nicht, das ewige Licht, daß ich ihm abfalle und dein sei, sprach der fromme Herzog, und der Teufel antwortete: Was dein Gott will oder nicht, weiß ich nicht. Helfen scheint er dir nicht zu wollen, ich aber will's, ich bin da, besinne dich, eh dich's reut, zu solcher Hochzeit kommt einer nicht alle Tage, und morgen wär's zu spät. – Meine Seele würde ewigen Schaden leiden, so ich dir folgte, sprach wieder der Herzog, und der Teufel erwiderte: Deine Seele wird auch nicht schnurstracks in den Himmel fahren, Pein muß sie leiden, so oder so. Du hast von meinem Reiche keine rechten Begriffe, es ist gar nicht so übel, da zu sein, die sogenannte Seligkeit ausgenommen, sieh, ich wohne schon lange allda und befinde mich leidlich wohl. Ich schlage dir vor, du läßt dich heimführen. – Aber mein Löwe, sagte Heinrich, der ist gar zu gut und treu, möcht' ihn nimmer missen. – Auch den bringe ich, sagte der Teufel zu und stellte die Bedingung, daß Heinrich nur dann ihm angehören sollte, wenn er ihn bei der Wiederankunft mit dem Löwen auf dem Giersberge nahe bei Braunschweig schlafend finde. Außerdem verlangte der Teufel für seine große Mühe gar nichts. Herzog Heinrich, der sich herzlich nach seiner Gemahlin wie nach Erlösung aus seiner trostlosen Lage sehnte, willigte endlich in diesen Beding und ward alsbald vom Teufel durch die Lüfte bis auf den Giersberg geführt und auf diesen abgesetzt. Nun wache fein! rief der Teufel und schwang sich wiederum hinweg, den Löwen zu holen. Der Held fühlte sich von Entbehrung und der Luftfahrt matt

und todmüde, bald konnte er sich des Schlafes nicht mehr er-
wehren, er legte sich in das Grüne und schlief wie ein Toter.
Jetzt kam der Teufel mit dem Löwen weit durch die Luft ge-
saust. Mit seinem Teufelsauge sah er schon aus endloser Ferne
den Schlafenden und schnalzte vor Freude mit der Zunge, denn
er hatte vorausgewußt, daß der Fürst schlafen müsse und werde.
Aber als er näherkam, sah der Löwe bald auch den Herrn liegen,
steif und starr, meinte, derselbe sei tot, und erhob ein so furchtbares Gebrüll, daß sie drunten in Braunschweig sagten: Wir bekommen Gewitter, es donnert schon. Von dem Gebrüll aber
wachte Herzog Heinrich auf, und der Teufel war wütend, daß
er ihn nun nicht schlafend fand, und warf den Löwen aus der
Höhe herunter, daß es krachte. Der Löwe aber, nach Katzenart,
fiel sich keinen Knochen entzwei, sondern kam auf seine Beine
zu stehen und folgte darauf seinem Herrn nach der Stadt und
nach seiner Burg, aus der ihm viel Musikgetön und Jubel entge-
genscholl. Das war die Hochzeitfreude. Der Herzog ließ die
Braut als ein Pilgrim um einen Trunk Weines bitten, und diese
sandte den Becher. Der Pilgrim zog einen Ring vom Finger,
warf ihn, nachdem er getrunken, in den Pokal und bat den Diener, der Herrin beides zu übergeben. Da erkannte die Herzogin
ihres Gemahles Ring und ließ den Pilgrim zu sich in den Saal
entbieten; der kam, und ihm folgte sein Löwe nach. Da erkannte
sie ihren Gemahl und fiel ihm zu Füßen und hieß ihn willkommen, und alle Diener jauchzten, und der junge Bräutigam wurde
durch eine junge Braut entschädigt.

Hernach hat Herzog Heinrich, den man nur den Löwen
nannte, noch lange Jahre glücklich regiert, und da er endlich
starb, hat sich sein Löwe auf sein Grab gelegt und ist auch gestorben. Da wurde er auf der Burg begraben und ihm ein ehern
Denkmal errichtet. Andere sagen, Herzog Heinrich habe solch
ehernen Löwen schon bei seinem Leben gießen und aufrichten
lassen. Des jungen Greifen Klaue aber hatte Heinrich im Dom
aufhängen lassen, zum Zeichen seiner Meer- und Luftfahrt.

30. Die tote Braut

Es war ein Brauer zu Braunschweig, der hatte eine schöne Tochter, und diese liebte von Herzen einen jungen Kaufmann aus Bremen, und die Liebenden beide schwuren einander im Leben und im Tode treu zu sein, und wer die Treue bräche, den solle der andere Teil noch im Grabe mahnen dürfen. Nun mußte der Kaufmann von dannen reisen, in der Welt sein Glück zu machen und zeitlich Gut zu erwerben, und blieb länger aus, als seine Geliebte hoffte. Der Vater aber hatte ohnedies diese Liebe nicht gern gesehen und sich einen Schwiegersohn gewünscht, der baß verstände, gute Braunschweiger Mumme zu brauen, und da er einen hübschen und geschickten Werkmeister hatte, so wollte er, dieser und kein anderer solle sein Schwiegersohn werden, und die Tochter mußte sich diesem von ihr nicht geliebten Mann verloben. Aber bald darauf warfen Sehnsucht und Gram sie auf das Krankenlager, von welchem sie nicht wieder aufkam. Kaum war sie begraben, so kam ihr früherer Bräutigam an, erfuhr, daß seine Braut als die Verlobte eines andern gestorben sei, und konnte der Sehnsucht nicht widerstehen, sie noch einmal zu sehen. Er verleitete daher den Totengräber durch Geld, heimlich das Grab wieder aufzuschaufeln und den Sarg zu öffnen. Als dies geschehen war, lag das Mägdlein, bleich und schön, mit einem Kranz um die Stirne im himmlischen Frieden, der vom Angesicht der Toten uns anblickt, und da sprach der Jüngling: O meine liebe, liebe Braut, konntest du wirklich mich vergessen? So mahne ich dich bei unserm dreimal heiligen Schwur an dein mir gegebenes Gelübde! Als der junge Kaufmann diese Worte gesprochen hatte, ist die Tote erwacht und hat die Augen aufgeschlagen und geseufzt: Dein, nur dein, im Leben und im Tode, und hat ihre Arme erhoben und fest um ihn geschlungen. Da ist der Totengräber vor jähem Schreck umgefallen, und als er wieder zu sich kam, siehe, da war der Sarg leer und von den beiden Liebenden keines mehr zu sehen gewesen, und nie hat wieder jemand etwas von ihnen erfahren. Da nun diese Geschichte in der Leute Mäuler kam, schämte und ärgerte sich der zweite Bräutigam, der Mummebrauer, über alle Maßen, zumal er bei sich dachte, die ganze Sterbe- und Begrabe- und Aufgrabesache möchte wohl nur ein abgekartet Spiel gewesen sein, ihm die Braut zu entreißen, und wußte sich nichts Besseres zu raten, als dem Teufel die Sache in die Schuhe zu schieben, der so immer alles getan haben soll, was die Menschen Unrechtes oder Dummes taten und tun. Ließ derohalben ein abscheulich Zerrbild schnitzen und am Hausgesimse, recht vor aller

MARTINIKIRCHE UND RATHAUS
ZU BRAUNSCHWEIG

45

Augen, fest machen, da sah man ein Mägdlein aus einem Sarge steigen und dem Teufel mit dem Pferdefuß die Hand reichen, und ließ auch einen nicht weniger überaus abgeschmackten Spottreim darunter schreiben, der gerade schmeckte wie saure Mumme. Lange hat das alte Haus gestanden mit Reim und Bildwerk, endlich ist's abgebrochen worden, aber die Sage davon lebt noch im Volke zu Braunschweig immerdar fort.

31. Sündelstein und Lügenstein

Mit großen Steinen hat sich der Teufel immer gern zu schaffen gemacht. Ein solcher liegt bei Osnabrück, ragt dreizehn Fuß tief aus der Erde, und die Bauern sagen von ihm, der Teufel habe ihn an einer Kette gehalten und durch die Lüfte geführt, um da oder dort diese oder jene Kirche einzuschlagen. Dies habe er auch an einer Kapelle versuchen wollen, aber eines sündlosen Priesters Gebet habe ihn gezwungen, den Stein fallen zu lassen. Noch zeigen die Bauern im Stein die Stelle, wo die Kette gesessen, und nennen ihn den Sündelstein.

So auch liegt ein ähnlicher Fels auf dem Domplatz zu Halberstadt, mit dem der Teufel als Vater der Lügen dem Dombau ein Ende machen wollte. Der Baumeister aber nahm diese Absicht wahr und verhieß in aller Schnelle dem Teufel, ein Weinhaus neben den Dom zu bauen, sobald dieser letztere vollendet sei, da warf der Teufel den Stein hin. Man sieht daran noch die Spur des glühenden Daumens. Hinterdrein hielt der Baumeister nicht Wort. Der Stein heißt deshalb der Lügenstein.

Bei der Mündner Glashütte im Geismar-Wald liegt auch ein Stein, in den hat ein daraufsitzender Feldherr seine Spur gedrückt. Er zweifelte an seinem Glücke und daß er so wenig siegen werde, als der Stein weich werden. Und siehe, da erweichte sich der Stein, was außerdem wunderselten geschieht.

32. Die zwei Gleichen

Nicht weit von Göttingen liegen auf einer Berghöhe zwei Burgruinen, Altengleichen und Neuengleichen genannt. Die Sage
geht, daß in sehr frühen Zeiten zwei Grafen aus dem Sachsenlan-
de sie erbaut, welche dann von diesen Burgsitzen aus das Land
bedrückt und beraubt hätten, da seien sie unter der Regierung
Kaiser Otto IV. befehdet, von den Bewohnern des Landes vertrieben und ihre Burgen zerstört worden, darauf sie sich nach
Thüringen gewendet und dort die unter dem Namen der drei
Gleichen bekannten Bergschlösser erbaut hätten. Es beruht das
aber alles auf Nachrichten, die nur als Sage annehmlich klingen.
Die einst schönen und stattlichen Nachbarburgen bei Göttingen
gehörten zwei Dynasten, Ezike und Elle von Reinhausen genannt. Der letztere dieser Brüder, Elle, brachte ein mannlich Geschlecht hervor, davon ein Sproß mit dem Bischofshut von Hildesheim sein Haupt geschmückt sah. Doch endlich blühte dieses
Geschlecht dennoch ab, und die Burgen sind hernachmals an die
Familie von Uslar gekommen. Diese war in zwei Linien geteilt;
das Haupt der einen hatte Altengleichen mit drei Vierteilen der
Herrschaft inne, das Haupt der andern bewohnte Neuengleichen
und besaß nur das letzte Viertel der Gleichenschen Herrschaft.
Solcher Ungleichheit halber liebten sich diese beiden Herren kei-
neswegs, sie haßten sich vielmehr recht gründlich und so sehr,
daß einer den andern mit einem Pfeilschuß zu töten beschloß.
Diesen argen Gedanken blies jedem von beiden der Teufel zu
gleicher Zeit ein, und die beiden im Haß einander gleichen Bewohner der Burgen Gleichen gedachten an einem und demselben
Morgen jeder den Nachbar und Feind zu erlegen. Der Teufel
lenkte jedem zugleich den Schuß in das Herz hinein, und so starben sie wie jene Ritter auf den zwei einander nachbarlich nahen
Rheinburgen, die man die Brüder nennt.

33. Burg Plesse

Auf dem Plesseberge, anderthalb Stunden von Göttingen, liegen
die Trümmer des ehemaligen Bergschlosses Plesse. Von dieser
Burg gehen gar mancherlei Sagen. Ein Kind ward lebendig in der

Mauer beigesetzt, als man die Burg erbaute, um sie, nach früherem Wahn, unüberwindlich zu machen. Vor fünfzig Jahren fand man das Särglein mit den Gebeinen. Hinter der Burg ging ein Felsenbrunnen zur Tiefe, in dessen Gemäuer ein heimlicher, verborgener Eingang zu einem unterirdischen Gang in das Innere der Burg führte, so daß man aus der Burg Wasser holen konnte, auch wenn sie belagert war. Ein mannhaftes Rittergeschlecht nannte sich nach der Burg edle Herren von Plesse, und obschon die einst stattliche Burg in Trümmern liegt, bewachen und beschirmen die Rittergeister noch ihren einstigen Wohnsitz. Einem Maurer, der Steine aus dem Burggemäuer brach, um sie drunten zu verwenden, schreckte ein seltsames unerklärliches Geräusch, daß er fast darüber die Besinnung verlor und endlich von dannen eilte, ohne je wieder hinauf und nach Burgsteinen zu begehren. Der letzte edle Herr von Plesse war Dietrich VI., mit ihm ist am 22. Mai 1571 das Geschlecht ausgestorben, und dann ist alsbald die Plesse ein Zankapfel zwischen Braunschweig und Hessen geworden, bis endlich die Burg nach manchem Streit an Hannover gelangt ist. Hausten oben über der Erde auf Plesse große und tapfere Ritter, so hauste ebendaselbst unter der Erde ein kleines winziges Völklein, von dem eine gar wunderliche Mär umgeht.

34. Das stille Volk zu Plesse

Tief unterm Boden des Burgberges der Plesse wohnt ein stilles Zwergenvolk, hilfreich und guttätig den Menschen, das sich unsichtbar zu machen vermag und durch jede verschlossene Türe, durch jede Mauer wandelt, so es ihm beliebt. Bei dem tiefen Felsbrunnen ist der Haupteingang in des stillen Volkes unterirdisches Reich. Wie die Herren Studenten zu Göttingen gar gern die Burgruinen der beiden Gleichen und die absonderlich schöne und anmutige der Plesse besuchen, so tat auch ein Göttinger Student im Jahre 1743. Er hatte ein Buch mitgebracht, und da er sich auf dem von lieblichen Schatten malerischer Bäume umspiegelten Burgplatz allein fand, legte er sich auf den Rasen und las. Ein süßer Geruch, wie von Waldmeister, Maienglöckchen und Flieder, schläferte ihn ein. Lange schlief er, bis ein Donnerschlag und strömender Regen ihn weckten. Dunkel war es um ihn her, nur

Blitze beleuchteten mit fahlem Schein die verwitternden Trümmer. Der Student betete, denn damals pflegten die Studenten noch zu beten, jetzt werden's wohl nur noch wenige tun — da kam ein Licht auf ihn zu. Ein kleines altes Männchen mit eisgrauem Bart trug's und hieß jenen ihm folgen. Das Männlein führte den Jüngling zum Brunnen, in welchem ein Brettergerüst stand, darauf traten beide, und jetzt ging es wie auf der schönsten Versenkung eines Theaters sanft zur Tiefe bis auf den Wasserspiegel. Da wölbte sich eine Grotte, in der es trocken und reinlich war. Da sagte das Männlein: Es stehet dir nun frei, hier im Trocknen zu verharren, bis droben das Unwetter vorüber, oder mir in das Reich der Unterirdischen zu folgen. Der Student erklärte, letzteres wählen zu wollen, wenn keine Gefahr ihm drohe. Darüber beruhigte ihn das alte eisgraue Männlein, und so folgte er ihm gleich einem Führer durch einen gar niedern und engen Gang, der für das Männlein just hoch und weit genug war, aber für den Bruder Studio nichts weniger als bequem, so daß ihm ganz schlecht wurde. Endlich traten beide aus dem Gange und sahen vor sich eine weite Landschaft, durch die ein rauschender Bach floß, mit Dörfern aus lauter kleinen Häusern, wie die chinesischen, und ganz kunterbunt bemalt, wie die Wachtelhäuser. In das schönste dieser Häuschen traten sie ein, und darin war des eisgrauen Männleins werte Familie, welcher der Studiosus Theologiä aus Göttingen vorgestellt wurde. Hierauf grüßten ihn die Anwesenden mit einer stillen Verbeugung. Dann stellte das Männlein dem Studenten die werte Familie vor, seinen Vater, das war aber ein ganz schneefarbiger Greis, und ebenso seine Mutter, beide waren so alt, daß sie nur noch auf Stühlen sitzen, nicht mehr stehen und gehen konnten; dann seinen Großvater und seine Großmutter, die hatten beide kein Härlein mehr auf ihren Knochen und konnten bloß liegen, dann des Männleins Frau, auch schon aus den Zwanzigern und etwa in den Sechzigern, und ihre Kindlein von dreißig bis vierzig Jährchen und die kleinen Enkelchen etwa von vierzehn bis fünfzehn Jahren. Dann sprach der alte Großvater einige Worte des Grußes, der Gast aus der Oberwelt möge sich nur umsehen und ohne Furcht sein. Dann kam die jüngste Tochter, die war nur eines Schuhes hoch, doch dreizehn Jahre alt, und sagte: Es ist angerichtet. Das hörte der Student gern, daß die stillen Leutchen auch anrichteten. Und die Tafel war königlich, was die Geräte, Tafeltücher, von Asbest gewebt, Teller und Löffel von Gold, Messer und Gabeln von Silber und dergleichen betraf. Das Essen war und schmeckte gut, und was das Trinken anlangte, so dünkte dem Studenten, er trinke den köstlichsten Wein, die

Zwerglein aber behaupteten, es sei nur Wasser. Nach Tische erzählte der uralte Vater dem Studenten viel von der Einrichtung des unterirdischen Reiches. Ihm und den Seinen, als geborenen Herrn desselben, gehorchte alles willig und gern. Landstände habe das Land keine, und er als Regent halte auch keine Minister, die einen so teuer und so unnütz wie die andern. Es gebe in diesem stillen Reiche nur Friede, Zufriedenheit und Wohlwollen. Ein jeder tue ungeheißen seine Pflicht. Es gebe keine Zwiste, keine Kriege, keine sogenannte Politik. Man kenne hier unten keine Wühler als die Maulwürfe und Reitmäuse, und die stammten aus dem unterirdischen Reiche. Wie der Alte noch redete, erscholl ein Zeichen von einem stark geblasenen Horne: das Zeichen zum Gebet. Alles faltete die Hände und fiel auf die Knie und betete still und leise. Der Abend brach an, und es kamen Lichte auf großen silbernen Armleuchtern, und man ging in ein anderes Zimmer. Alles, was er bis jetzt gesehen, gehört und wahrgenommen, reizte gar sehr die Wiß- und Neubegier des Studenten. Er dachte, es müsse nicht übel spekuliert sein, über diesen so wohlgeordneten Staat unter dem althessischen Boden eine Reisebeschreibung zu verfassen und herauszugeben, wie weiland Nils Klimm getan, zu Nutz und Frommen der Oberwelt, und wollte schon beginnen, sich Bemerkungen in seine Brieftasche zu machen. Aber das alte Männlein verhinderte ihn daran und sagte: Laß das! Ihr da oben lernt doch nicht, glücklich zu sein; ihr versteht das Befehlen so schlecht wie das Gehorchen. Ziehe hin und fürchte Gott, ehre den Herrscher und die Gesetze und scheue niemand! Der Studiosus fand es sonderbar, daß man die Gäste, die man erst eingeladen, gehen heiße, mußte sich aber fügen. Er empfing noch einige Gaben mit auf den Weg und fand sich unversehens wieder oberhalb des Brunnens auf der Plesse. Der Morgen war prächtig angebrochen, und der Burgwald erschallte von Vogelstimmen. Der Studiosus besah die Gaben und befand, daß es Gold und Edelsteine waren von hohem Wert. Er hatte, wenn er diesen Reichtum gut und vernünftig anwandte, genug für sein ganzes Leben.

35. Von den Schweckhäuserbergen

In der Göttinger Gegend zwischen den Dorfschaften Waake, Landolfshausen und Mackenrode, die recht in einem Dreieck zueinander liegen, liegen auch drei Berghöhen, welche man vereint die Schweckhäuserberge nennt. Eine dieser Höhen ist etwas länglich gedehnt, wie so manches in dieser Erdenwelt, die heißt der lange Schweckhäuserberg, und derselbe trug früherhin auf seinem Gipfel ein Ritterschloß. Obschon keine Trümmer davon mehr vorhanden sind, gehen doch die Einwohner der drei genannten Orte gern hinauf auf den Gipfel, der freien Natur und schönen Aussicht zu genießen, besonders am ersten Ostertag, und erzählen sich mancherlei Mär und Sage von diesen Bergen. Daß ein Heidentempel droben gestanden mit einem ehernen Riesenbilde, hohl, wie der Herkules auf der Wilhelmshöhe bei Kassel, das die Heidenpriester zu allerlei Trug und Blendwerk benutzt, und statt selbst zu predigen, hätten sie das metallene Bild predigen lassen. In den Bergen aber seien Zwerge seßhaft gewesen. Von sotanen Zwergen hat einer die Tochter eines Schafhirten gern gesehen, aber sie liebte bereits einen treuen Schäfer und war für den Quarksen nicht zu Hause, zumal er neben der Kleinheit vorn und hinten mit einem merklichen Verdruß aufwartete, kleine Schweinsäugelein, beträchtliche Lippenwülste, Schlappohren, ein aschgraues Gesicht und die Annehmlichkeiten grüner Zähne und stets feuchter Nase, etwa wie der Spiegelschwab im Volksmärchen, besaß. Doch hatte der Zwerg eine große Tugend, er war über die Maßen reich und spendierlich und schenkte drauf und drein, und da die Mutter besagten Mägdeleins, das Lorchen hieß, die Gaben nicht zurückwies, so vermeinte der Zwergenmann, er habe nun ein Recht, und sagte endlich kurz und rund zur Alten: Daß du es weißt, deine Tochter wird mein, es wäre denn, du wüßtest meinen Namen zu nennen; kannst du das, wenn ich wiederkomme, so soll es auch gehen wie im Kindermärchen, dann will ich weichen, und das Lorchen soll freie Wahl haben, nach dem Orakel der Gänseblume, zwischen Edelmann, Bettelmann, Schulmeister, Pfarr. Damit ging er nicht in bester Laune hinweg. — Das war der Mutter des Mägdeleins gar unlieb zu hören, klagte es dem Liebhaber ihrer Tochter und riet ihm um sein selbst und seiner Liebe willen, des Zwergen Namen auszukundschaften. Das deuchte nun freilich dem jungen Gesellen ein schweres Stück und war's auch in der Tat, denn es gibt der Wichtlein wohl ab und auf all um den Rhein, in Preußen und Reußen, dünken sich wunders viel zu sein und zu bedeuten, und so einer nach ihnen umfragt in allen Landen, so hat niemand die Tausendteufelskröpel jemals auch nur nennen hören. — Der Schäfer spähte nun gar fleißig umher, und als einmal der Zwerg sich zeigte, schlich er ihm nach, allein plötzlich verschwand der Zwerg an einem Steinfelsen. Als der Schäfer zum Fels trat, sah er eine schöne rote Blume darauf blühen, und innen hörte er hämmern und klingen. Der Zwerg schmiedete und sang dazu:

Hier sitz' ich, Gold schnitz' ich,
Ich heiße Holzrührlein, Bonneführlein.
Wenn das die Mutter wüßt',
Behielt' sie ihr Lürlein.

Das nahm sich der Schäfer zu Ohren und hinterbrachte es schnell seiner Liebsten und ihrer Mutter. Bald darauf kam der Zwerg wieder und fragte: Weißt du meinen Namen? — Ach! sagte die Alte, wie kann ich Euern Namen wissen? Ihr werdet wohl am Ende Bitzliputzli heißen! — Nein, so heiße ich nicht! grölzte der Zwerg. Oder Peter Reffert! riet die Alte neckend weiter. — Nein, so gar nicht! antworte jener. Ich frage zum dritten und letzten Mal: wie heiße ich? — Da sang die Alte:

Im Felsen sitzt Ihr, Gold schnitzt Ihr!
Ihr heißet Holzrührlein, Bonneführlein.
Und weil das die Mutter weiß,
Kriegt Ihr nicht mein Lürlein!

Das hat dir der Teufel gesagt, Weib! schrie voll Ärger der Zwerg, fuhr ab und ließ sich nimmermehr wieder sehen. Der Schäfer aber hat das Lorchen geheiratet und ist mit ihr gar glücklich geworden.

36. Der Drescher und der Zwerg

In der Burgscheuer zu Schweckhausen droschen einmal zwei Drescher Erbsenfrucht auf der Tenne aus; die Schoten waren groß und ausgiebig, und nach dem Ausdreschen wurfelten sie die Erbsen, aber als sie bald fertig waren, sahen sie, daß es kein Haufen wurde. Die Erbsen flogen wohl durch die Luft, und die Spreu fiel nieder, aber auf die Tennen kamen keine Erbsen. — Höre, das geht nicht mit rechten Dingen zu, sagte der eine Arbeiter zum andern, und der erwiderte: Da hat der Kuckuck sein Spiel, und warf seine Wurfschaufel in die Höhe, nach der Stelle hin, wohin sie die Erbsen geworfen. Mit einem Male steht ein Zwerg sichtbarlich vor ihnen, der hält einen großen Sack aufgesperrt, und dahinein waren alle Erbsen geflogen. Durch den Schaufelwurf war aber dem Zwerg die Nebelkappe vom Kopf gestreift, daher war er nun sichtbar geworden, rasch fuhr der Knecht zu und nahm die Kappe weg, und der andere griff nach seinem zur Seite liegenden Dreschflegel, um auf den Zwerg loszuschlagen. Der aber flüchtete eilend von dannen, ließ den Sack mit Erbsen zurück und auch seine Nebelkappe. Die ist hernach noch lange im Schloß aufbewahrt worden, und die Herren haben damit viel Kurzweil getrieben.

37. Graf Isang

Der letzte Besitzer der Burg Schweckhausen hatte eine sehr schöne Tochter, Bertha genannt, um diese warb Graf Isang, welcher ein wilder und wüster Ritter war, dessen Schloß zwischen Bernshausen und Seeburg stand. Auch er war der letzte seines Geschlechts und hatte schon viele Untaten getan, die sich gar nicht niederschreiben lassen. Die schöne Bertha wollte gar nichts von der Werbung des Grafen Isang wissen, aber da dessen Mutter eine gewaltige Zauberin war, so verwünschte sie das Mägdlein, daß es im Burghain nachts so lange umgehen und seufzen sollte: Hilf mir! hilf mir!, bis jemand zu ihr sagen würde: Helfe dir der liebe Gott! Aber auch damit solle sie noch nicht erlöst sein, sondern der Sohn zweiter Ehe einer Frau, der als Pfarrer studiert habe und noch ein reiner Jüngling geblieben sei, wenn er seine erste Predigt tue, der könne Bertha erlösen. Da hat nun die arme Bertha fort und fort spuken müssen die längste Zeit.

Der Graf Isang wurde aber von nun an nur immer ärger und schlimmer und häufte Schuld auf Schuld, Sünden auf Sünden. Da brachte ihm eines Tages sein Koch einen silberweißen Aal, es war aber eine weiße Schlange, und der Graf war begierig, davon zu essen, und verbot, daß irgend jemand von der Dienerschaft es wage, auch von dem weißen Aal genießen zu wollen. Da nun der Graf von der Schlange gegessen hatte und hinab in den Hof kam, da hörte er viele Stimmen und hörte die Tiere sprechen und verstand ihre Sprache. Aber erfreuend war es nicht, was Graf Isang hörte. Die Hennen gackerten: Packe, packe, packe dich! – Der Hahn schlug mit den Flügeln und krähte den Grafen an: Flieh, flieh, flieh, flieh! – Die Tauben gurrten: Die Burg, die Burg, die Burg geht unter! – Gänse und Enten schnatterten durcheinander: Graf Isang, Graf Isang! Es ist alle, alle, alle. Wo dein Haus heute stand, ist morgen Wasser, Wasser, Wasser, Wasser! – Dem Grafen rieselte es kalt durchs Gebein, da er die Tiere also reden hörte. Da stürzte sein Diener atemlos herbei und rief: Hört Ihr's, Herr? Hört Ihr's, was die Hunde heulen und winseln? Auf, auf, auf! Das Haus soll im Hui, im Hui versinken, verschwinden! – Und da entbrannte der Graf im jähen Zorn und zog sein Schwert aus der Scheide und schrie: Selbst Hund! Hatte ich nicht allen verboten, vom weißen Aal zu essen, nun hast du's doch getan und hörst den Unsinn und schwatzest ihn gleich nach! Fahre zur Hölle, du Teufelsrabe! Du Unsinnskrächzer! – und damit spaltete der Graf dem Diener den Kopf und ritt aus der Burg hinaus nach dem Städtchen Gieboldehausen zwischen Göttingen und Northeim zu. Hinter ihm sank unter Erdbeben und Donnerkrachen seine Burg in den Boden, und an ihre Stätte trat ein tiefer See. Graf Isang aber trat in ein Kloster zu Gieboldehausen und büßte reuig seine Sünden ab und machte reiche Schenkungen von seinem Erbe. Auch die arme Bertha von Schweckhausen hat hernachmals, doch nach langer Zeit, durch einen außerordentlich tugendhaften jungen Pfarrer ihre Erlösung gefunden.

38. Der Glockensee

Zwischen Northeim und Uslar liegt der Flecken Moringen; dort ist in einem Garten ein kleiner See, den nennen sie den Opferteich. Vor alten Zeiten haben Tempelherrn zu Moringen einen Sitz und Klosterhof gehabt. In noch frühern Zeiten wurde unter alten Eichen, die in des Teiches Nähe standen, Gericht gehalten, und die Schuldigbefundenen wurden als Sühnopfer der Gerechtigkeit tot oder lebendig in den Teich gestürzt, daher sein Name Opferteich. Derselbige Teich ist nicht groß, aber sehr tief und wird durch unterirdische Quellen unterhalten, sichtbaren Zufluß hat er nicht.

Als das Tempelhaus noch stand, ließen die Klosterbrüder eine neue Glocke gießen und in dem Kirchturm aufhängen. Aber sie ließen selbige Glocke nicht erst taufen, wie doch allgemeiner Brauch war, denn die Templer taten manches, und manches taten sie nicht, das beiderseits ihnen bösen Ruch machte. Als daher zur Christmette die Glocke zum ersten Male geläutet wurde, tat sie einen schrillen Klang und fuhr zum Schalloch heraus gerade in den kleinen tiefen See hinab, und da liegt sie noch bis heute, und der See hat von ihr den zweiten Namen Glockensee erhalten. In jeder Christnacht läutet die Glocke eine ganze Stunde lang, und bei hellem Wetter sieht man sie bisweilen im Grunde liegen und grüngoldig heraufschimmern. Kein Fisch kann im See leben, und lebt keiner darin, wegen der Glocke. — Bei Ricklingen, ohnweit Hannover, ist ein unergründlicher mit Wasser gefüllter Erdspalt, eine wahre Teufelskutte, in die hat der Teufel eine ganze Kirche gestürzt, deren Glocken man noch Ostern und Pfingsten läuten hört.

39. Der Heinrichswinkel

Nicht weit hinter dem Harzstädtlein Gittelde, das manche auch Gattelde schreiben und Gittel sprechen und das in alten Zeiten Chatila geschrieben ward, nach der Staufenburg zu, da liegt der merkwürdige Raum, auf welchem des Sachsenherzog Heinrich des Finklers Vogelherd stand, als ihn die Abgesandten des Reichs aufsuchten und die Kaiserkrone ihm darboten. Dort saß Heinrich mit seinem Gemahel im lauschigen Winkel einer grünen Laube, und als er die Gesandten nahen sah und wußte nicht, was sie wollten, da winkte er ihnen mit der Hand, zu warten, bis er sein Netz zusammengezogen habe. Der Fleck heißt noch bis auf den heutigen Tag der Heinrichswinkel. Bei Gittelde hatte der Herzog eine kleine Burg, deren ehemalige Stelle man noch zeigt und die Burg nennt, nahe dabei ist eine Wiese, die heißt der Kaisergarten, Heinrich legte dort einen Garten an. Rundum hatte Heinrich außer diesen seinen Lieblingsorten Jagdhäuser, so eines auf dem Berge, der die spätere Staufenburg trug, eines in Gittelde, eins in Seesen, eins zu Herzberg, eins zu Scharzfeld, eins zu Schildberg, eins auf dem Harzburgberge. Eine andere Anhöhe hieß die Vogelsburg und lag über einem Ort, der hernachmals Vogelsbeck benannt wurde. Alldort erlegte Junker Heinemann von Gittelde einen Bären, der den Herzog hart bedrängte, ward hoch gelobt und belohnt, und Heinrich erbaute an dem Ort eine Kapelle, und die Priester mußten darin beim Messedienst vor dem Altar auf das Fell des Bären wie auf einen Teppich treten. — Die Staufenburg ist hernachmals durch den Kaiser Heinrich I. gar stattlich auf- und ausgebaut worden, und er hat sie als einen Lieblingssitz betrachtet. Hernachmals in spätern Zeiten hat sich auf der Staufenburg noch mancherlei Geheimnisvolles zugetragen, und ihre Mauern sahen nacheinander der Liebe Wonnen und der Liebe Pein im vollsten Maße, so daß sie für Herzog Heinrich von Braunschweig, der seine Eva von Trott droben wohnen hatte und barg, selbst gar ein traulicher Heinrichswinkel geworden. — Auf einer Felsklippe ist noch ein Frauenfuß tief eingedrückt zu sehen, dort stand oft lange ein schönes Weib mit sehnsuchtsvollem Blick und schaute dem Kommen des Liebsten entgegen. Man will sie auch noch jetzt erblicken mit goldgelbem, fliegendem Ringelhaar, wie die alten deutschen Meister ihre schönsten Marienbilder malten.

40. Das Teufelsloch zu Goslar

Im Dom zu Goslar hat man lange an einem Pfeiler einige Ellen hoch von der Erde unvertilgbare Blutflecken gezeigt. Im Jahre 1063 kam Kaiser Heinrich IV. nach Goslar, da erhob sich zwischen dem Bischof Horzilo von Hildesheim und dem Abt Widerad von Fulda ein heftiger Rangstreit um den Vorsitz, um die Ehrenstelle. Dieser Streit ging so weit, daß die erbitterten Gegner gegenseitig Bewaffnete in die Kirche bestellten, die ihnen den erstrebten Sitz erkämpfen sollten, und wirklich gedieh es durch des

DER MARKTPLATZ ZU GOSLAR

Teufels Anstiften dahin, daß in der Kirche mit den scharfen Waffen gekämpft wurde und das Blut an die Pfeiler umherspritzte und zur Kirchtüre hinaus auf den Kirchhof floß. Daran hatte der Teufel ein herzinniges Wohlgefallen. Er stieß ein Loch in die Wand und stellte sich den Kämpfenden dar, feuerte sie an und empfing die Seelen derer, die in diesem gottlosen und verruchten Kampfe fielen. Als endlich das Morden aufhörte, welches durch die drei Weihnachtsfeiertage gedauert haben soll, andere sagen, es sei vor Pfingsten gewesen, und der Priester am Altare intonierte: Hunc diem gloriosum fecisti!, da steckte der Teufel seinen Kopf durch das von ihm gemachte Mauerloch, streckte seine feuerrote Zunge armslang heraus und plärrte mit grober und lauter Stimme: Hunc diem bellicosum ac cruentum ego feci! — Hernachmals haben sie das Loch zumauern wollen, allein es blieb offen. Vergebens ward es mit Weihwasser besprengt und ward der Mörtel mit Weihwasser angemacht; wenn es auch zu war, der letzte Stein fiel immer wieder heraus, gerade wie beim Loch auf der Frankfurter Mainbrücke. Endlich wurden Baumeister vom Herzog von Braunschweig erbeten, die mauerten in das Teufelsloch eine schwarze Katze ein und sprachen beim Einsetzen des letzten Steines: Willst du nicht festsitzen in Gottes Namen, so sitze fest in des Teufels Namen! Da hielt auch dieser Stein, aber einen Riß bekam die Mauer doch wieder, und der ist auch nicht wieder wegzubringen gewesen.

Vor dem altertümlichen Rathaus auf dem Markte zu Goslar steht ein mächtig großes metallenes Schallbecken, das soll ein Werk des Teufels sein. Wer um Mitternacht daranschlägt, soll ihn rufen. Ob er kommt, weiß man nicht so ganz sicher. Es hat einen wunderbaren Klang, und wird an dasselbe geschlagen, wenn Feuer in der Stadt ausbricht, so dient es anstatt einer Sturmglocke.

41. Der Rammelsberg und der Rammberg

Vom erzreichen Rammelsberge bei Goslar gehen viele Sagen. Es soll mehr Holz in ihm verbaut sein als in der ganzen Stadt Goslar. Kaiser Otto II. hatte einen Jäger, der hieß Ramm, und dieser Jäger hatte eine Frau, die hieß Gosa. Diesem Paare, das er sehr schätzte, schenkte der Kaiser das ganze Gebiet am Harzwald, darinnen heute Goslar und der Rammelsberg liegen, und auch weiter hinaus, über Andreasberg und Harzgerode hin, und es gründete daselbst Städte und begann den Bergbau. Nach dem Jäger wurde der eine Erzberg Rammelsberg genannt und nach der Frau Gosa der Fluß Gose, desgleichen die Stadt Goslar und deren berühmtes Bier, die Gose, wem sie schmeckt. An der Sankt Augustinerkapelle auf dem frankenbergischen Kirchhofe ist des Paares Leichenstein zu erblicken. Der Jäger trägt ein erhobenes Schwert über sich in der Hand, Frau Gosa eine Krone. Der Jäger Ramm war es, der zuerst die Spur des Bergsegens entdeckte. Er verfolgte ein Wild, konnte zu Pferde nicht durch das Dickicht des Waldes dringen, band das Pferd an einen Baum und verfolgte jenes weiter zu Fuße. Als er zurückkam, hatte das Pferd mit den Hufen gescharrt und edle Erzgesteine zutage gefördert. Diese brachte Ramm dem Kaiser mit.

Als der Bergbau sich anhub, hatte der Teufel auch eine Grube, die war ausschließlich sein und sehr silberreich. Woher hätte er sonst auch das viele Geld nehmen sollen, das er denen verschaffen mußte, die sich ihm verschrieben. Er ließ daher drauf und drein arbeiten und bezahlte die Knappschaft wöchentlich gleich den andern Gewerken. Da aber alle Ausbeute, welche der Rammelsberg lieferte, gemeinsam verkauft wurde, welches man alldort die Kommunion nannte, und der Erlös dann unter die Grubenherren geteilt wurde, so ließen sich einstmals die übrigen Gewerken beigehen, den Teufel zu beschuppen, worüber er so böse wurde, daß er seine ganze Grube zusammenwarf und unzugänglich machte, und wurden bei tausend Menschen vom einbrechenden Gestein erschlagen. Dieser verfallene Ort heißt noch bis heute die Teufelsgrube.

Oben auf dem Gipfel des namenverwandten Rammberges über Harzgerode liegen viele Felsblöcke umher verstreut, das nennt man die Teufelsmühle. Einem Windmüller stand seine Mühle nicht hoch und frei genug, er wünschte sich eine dort hinauf, der es nie am Wind fehlen sollte. Der Teufel versprach ihm solch ein Werk vom allervortrefflichsten Bau. Die wolle er in einer Nacht bauen und vor dem ersten Hahnenkraht vollenden, dafür solle nach dreißig Jahren angenehmen Lebens die Müllerseele des Teufels sein. Gleichwohl verrechneten sich bei diesem Kontrakt beide Kontrahenten. Der Teufel brachte zwar die Mühle fertig, allein da er sie dem Müller zeigte, entdeckte dieser, daß noch ein Mühlstein fehle; eilend fuhr der Teufel von dannen, diesen Stein zu holen, aber wie er wiederkehrte, da krähte schon der Hahn auf der untern Mühle. Darüber bekam der Teufel einen solchen Zorn

– es mußte ihm schrecklich viel an der Müllerseele liegen –, daß er mit dem Stein gleich das ganze neue Werk zusammenbrach, Flügel, Räder und Wellen in Splitter knickte und die Steine bis fast aufs Fundament über den ganzen Gipfel des Rammberges verstreute. Der Müller war gescheit genug, seine Seele jetzt Gott zu befehlen, und begehrte nimmer wieder eine Mühle auf der gefährlichen Höhe.

42. *Die Gruben zu Sankt Andreasberg*

Tief im Harzgebirge liegt die Bergstadt Sankt Andreasberg mit vormals reichem Grubenbau. Unter den Gruben, von denen leider gar viele auflässig geworden sind, waren Sankt Andreasberg und Samson, Katharine Neufang, der große Johann und der goldne Altar die reichsten. Die geringeren hatten auch schöne Namen, wie Morgenröte, Abendröte, Teuerdank, Engelsburg, drei Ringe, Weinstock und noch viele andere. Es gab auch Berggeister in den Gruben. Ein redlicher Gräflich-Hohensteinischer Obersteiger, bereits alt und betagt, mit eisgrauem Haar und Bart, des Namens Jakob Illing, befuhr einst eine Grube und traf auf einen Berggeist, welcher den Obersteiger anhauchte. Da wurde dem alten Mann seltsam zumute, und versahe sich seines baldigen Todes. Als er wieder aufgefahren war, bereitete er sich christlich auf sein nahes Ende vor, es fiel ihm auch alles Haar aus, so daß er völlig kahl wurde, allein er blieb nicht nur am Leben, sondern es wuchs ihm neues schönes schwarzes Bart- und Haupthaar, er verjüngte sich zusehends, wurde ein prächtiges Männchen, freite aufs neue, zeugte viele Kinder und starb erst im höchsten Alter. Seine Nachkommen haben hernach gar lange Reihen von Jahren dem Grubenhagenschen Bergwerk als Bergmeister löblich vorgestanden.

Ein anderer Steiger brachte zur Zeit guter Ausbeute einige reiche Stufen aus dem großen Johann und dem goldnen Altar beiseite, sie als Ersatz aufzubewahren, wenn einmal die Beute geringer ausfallen werde. Aber seine Mitgesellen, die das bemerkt hatten, glaubten, er habe die Stufen für sich über Seite gebracht, klagten ihn der Veruntreuung an, und da auf solcher damals die Todesstrafe stand, so wurde mit dem armen Manne kein langes Federlesens gemacht. Als er nun auf der Richtstatt kniete, um enthauptet zu werden, so rief er zuvor: Gott wird ein Zeichen tun, daß meine Unschuld erkannt werde! Fluch über die Gruben, bis ein Graf mit Glasaugen und Rehfüßen geboren wird und am Leben bleibt! Da tat der Scharfrichter seinen Schwertstreich, das Haupt des unschuldigen Mannes fiel, aber dem Rumpfe entsprangen statt des Blutes zwei Milchströme; das war das Zeichen, welches Gott tat, und gleichzeitig hörte man von fern ein Donnerkrachen, davon die Erde erbebte. Die genannten Gruben waren in sich zusammengebrochen und nie mehr befahrbar. Endlich geschah es, daß wirklich ein junger Graf geboren wurde mit Glasaugen und Rehfüßen, da hoffte man auf neuen Bergsegen aus jenen verschütteten Gruben, aber die Hoffnung trog, das seltsame Kind konnte nicht am Leben erhalten werden, sondern starb, und die Gruben blieben verschüttet auf immerdar.

43. Der Geist auf Scharzfels

Auf der Burg Scharzfels im Harz, die eine wahre Felsenburg war, saßen im elften Jahrhundert edle Grafen von Lutterberg oder Scharzfeld. Einer derselben, der zu Kaiser Heinrich IV. Zeiten lebte, hatte ein schönes Weib, die dem Kaiser allzuwohl gefiel. Auf der Burg aber wohnte ein Hausgeist von der Natur des Hütchen und Hinzelmann, doch ist dessen Name vergessen. Er hatte schon Scharzfels aus dem Felsen aushauen und mit erbauen helfen und erschien bisweilen als ein alter Mann, klein und krüppelhaft, in der Tracht eines Bergmanns oder Schanzgräbers. Er hatte seinen Wohnsitz im Wartturme und zeigte sich bisweilen den Burgbewohnern, und zwar lebhaft und kurzweilig, wenn Erfreuliches — trauervoll aber, wenn ein Unglück bevorstand. So ließ er sich in der Küche, im Hofe und in den Ställen blicken. Da nun einstmals der Graf und seine Gemahlin von einem Hoffeste in Goslar, dazu der Kaiser sie beide geladen hatte, zurück auf ihre Burg kamen, erblickten sie den Burggeist traurig und mit Augen voll Tränen, gerade als sie durch das Tor schreiten wollten, und ahndeten

ein Unglück. Nicht lange danach kam ein Mönch aus dem Kloster
Pölde, der ein Hausfreund auf Scharzfels war, als Sendbote des
Kaisers und entbot den Grafen in sein Kloster, wo sein Lehens-
herr, der Kaiser, seiner harre, um ihn fernhin mit Botschaft zu
entsenden. Als der Graf hinweg war, kam der Kaiser bald hernach wie von ungefähr vor einem Unwetter auf einem Jagdritt
Schutz suchend nach der Burg hinauf, der Mönch, sein Vertrau-
ter, begleitete ihn, und mit dessen Hilfe vollbrachte der Kaiser
seinen schändlichen Willen an der arglosen Gräfin, die sich von
dem hohen Besuch einer solchen Schandtat nicht im entferntesten
versehen. Da entstand aber alsbald auf der Burg ein furchtbares
Rumoren, der Geist warf die Dachungen der Türme ab und zeter-
te es in alle Lüfte hinaus, was der Kaiser mit seinem Helfershelfer,
dem nichtswürdigen Mönch, vollbracht, und verfolgte den
Mönch so eifrig und entsetzlich, daß dieser sich über dem Felsen-
ufer des Harzflusses die Oder erhenkte, da, wo man es noch die
Schandenburg nennt. Dem Kaiser reute lebenslänglich, was er getan. Der Geist litt auf dem Turm von Scharzfels nie mehr ein
Dach. Manche sagen, daß nicht einer Gräfin von Lutterburg oder
von Scharzfels, sondern einer Rittersfrau des Namens von der
Helden vom Kaiser Heinrich so unfürstlich sei begegnet worden.

44. Die Nixei und das Weingartenloch

Eine Stunde von der ehemaligen Burg Scharzfels liegt in der Nähe
des Dorfes Osterhagen eine weitberufene Höhle, aus der ein
Wasser rinnt, das sie die Ruma nennen. Das Wasser quillt bisweilen rot hervor, und das ist das Blut einer Nixe, welche die Liebe
zu einem Erdensohn, gleich andern Nixen da und dort, unglück-
lich gemacht. Dieses Wasser füllt einen kleinen See, der Nixteich
genannt, und ein Gehöft in der Nähe heißt die Nixei. Dort soll
die Nixe mit ihrem Jüngling, der ein Riesensohn war, ihre heimli-
chen Zusammenkünfte gehabt haben, bis der Vater des Jünglings,
ein grimmiger und ungeschlachter Bergriese, dies entdeckte und
dem Liebeshandel ein Ende mit Schrecken machte. Seitdem wurde die arme Nixe in jene große und furchtbare Kristallhöhle ein-

geschlossen, aus der sie noch immer sich zu befreien sucht, und bei solchen Anstrengungen mischt sich dann ihr Blut mit dem aus der Höhle, welche das Weingartenloch heißt, hervorquellenden Wasser. Aus den Steinbrüchen nahe der Nixei soll das Kloster Walkenried ganz und gar erbaut worden sein. In der Höhle selbst ruhen nach der Sage die reichsten Schätze, aber es ist kein Kinderspiel, sie zu erlangen. Viele holten sich über solchem Bemühen schon den Tod: Berggeister, Bergzwerge und Bergmönche gehen allzumal darinnen um, seltsame Stimmen schallen, die Metalle reden, und den Rückweg aus dem Höhlenlabyrinth findet kaum einer wieder, oder er hat sonst ein Unglück. Es ist noch nicht fünfzig Jahre her, da kam ein Mann von Eimbeck und gedachte, in der Höhle einen guten Fang zu tun. Er war mit allem wohlversehen, brachte auch Gefährten mit von Lauterburg, kroch hinein, und siehe, da hielt ihn der Gänge einer, durch den er sich hindurchzwängte, eisern fest, er konnte nicht vor, nicht rückwärts. Vergebens ward Bergmannschaft entboten, ihn herauszuhacken und herauszuschaufeln, es glückte nicht, wie beim Maurer im Brunnen zu Schilda; zuletzt flehte er inständig, ihm den Tod zu geben, denn seine Lage war trostlos und ganz entsetzlich – da ward ein äußerstes Mittel versucht, nämlich ihn mit Stricken zu umgeben und auf Tod und Leben herauszuziehen. Jawohl, auf Tod – denn als nun so recht kräftig gezogen wurde, da tat es endlich einen Ruck, und da hatten sie den Mann glücklich befreit. Schade nur, daß dabei sein Kopf abgerissen war.

In der Höhle liegt ein großer Balken über dem unterirdischen Wasser, dahinter sitzt der Teufel neben Gold- und Silberhaufen. Wollen Leute davon haben, müssen sie zu dritt kommen und losen, wer ihm verfallen soll. Zwei gehen dann frei aus und dürfen des Mammons nehmen, so viel sie tragen können. Den dritten, den das Unglückslos trifft, zerreißt der Teufel in Stücken. Zum öftern kamen ein paar Fremde, die waren Venetianer und konnten schwarze Kunst und verlockten Leute, mit ihnen in das Loch zu gehen, denen spielten sie mit List das Todes- und Teufelslos zu, so daß sie stets leer und doch schätzebeladen ausgingen. Und da beredeten sie wieder einen Mann namens Schlosser aus Osterhagen, dem boten sie vieles Gold; er war sehr arm und hatte acht Kinder, aber er fürchtete sich. Doch hatte dieser Mann eine kluge Frau, die redete ihm zu, er solle nur getrost mitgehen. Sie wolle schon dafür tun, daß er wiederkomme. Und da nähte sie ihm braunen Dost in die Jacke und hieß ihn in Gottes Namen zu gehen. Das Zauberkraut schützte ihn, das Los traf nicht ihn, wie schlau es auch die Venetianer anfingen, sondern einen von den beiden; mit reichem Gut kehrte er aus der Höhle zurück, zog nach Andreasberg und baute sich dort ein schönes Haus. Was er aber in der Höhle Schreckliches gesehen, wie der Teufel den einen Venetianer lebendig zerrissen, das hat er all sein Lebtage nicht vergessen können.

45. Vom Kloster Walkenried

Es war eine junge Gräfin von Lohre, Alheidis, Herrn Ludwigs von Lohre Tochter, die tat geradeso wie jene Kunigunde von Kynast, sie ließ ihre Freier dreimal um die Burgmauer reiten, das brachte manchem den Tod, ihr aber nicht. Es fand sich einer, der das Abenteuer mannlich bestand, das war Herr Volkmar, Graf von Klettenberg, und als sie nun diesen geheiratet hatte, da bereute sie ihre Frevel und Sünden und ward eins mit ihm, ein Kloster zu gründen. Beide reiseten nach Köln am Rhein und nach Trier und besuchten die Gräber der heiligen Märtyrer und nahmen aus dem Kloster Kampen siebenzehn Mönche mit auf ihr Gut Walkenried. Dort ward im Jahre 1127 ein herrliches Klosterstift nach der Ordensregel Sankt Benedikts begründet, dann aber in ein Zisterziensermönchskloster umgewandelt. Zweitausend Arbeiter hatten rastlos den Bau gefördert, doch soll er dreißig Jahre lang gedauert haben. Die Grafen von Herzberg und Lauterberg steuerten auch zum Klosterbau, sie ließen eine Million Steine anfahren. Gar eifrig erwies sich insbesondere die Gründerin Alheidis, sie opferte selbst ihren Schmuck dem Klosterbau und legte Segen und Fluch auf ihn, nämlich Fluch für den, welcher den Bau schädigen und das Kloster berauben würde. Der Fluch für solchen unfrommen Räuber lautete hautschauerig: Verflucht seien alle seine Werke! Verflucht sein Ausgang und sein Eingang! Verflucht sei sein Leben und verflucht sein Sterben! Sein Tod sei wie eines Hundes Tod! Wer ihn begräbt, der werde vertilgt! Verflucht sei die Erde, darin er jenen begräbt, und so der Räuber nicht Buße tut, so bleibe er bei dem Teufel und seinen Engeln in dem ewigen Feuer!

Wo so christlich gebetet wurde und nebenbei die allerhöchste verschwenderischeste Pracht zum Aufbau und Ausschmuck des

Stifts verwendet wurde, daß man den von Kreuzgängen umgebenen Garten das Paradies nannte, da mußte der Teufel auch dabei sein. Selbiger hat sich im Kloster viel und mancherlei zu schaffen gemacht, absonderlich aber seine Tücke im Bauernkriege gezeigt, wo er seine größte Lust und Freude daran gehabt, das überaus herrliche Gotteshaus und wundervolle Klostergebäude fast gänzlich aus purer Lust am Frevel zerstören zu sehen, so daß daraus Behausungen der Vögel und Füchse wurden. Die Bauern exerzierten damals mit Waffen gewaltiglich, und alle Welt sollte ihr lieber Bruder sein. Da war bei sotaner Walkenrieder Bauernwehr ein kecker Schafhirte aus Bartefelde, hieß Hans Arnold, der war Hauptmann und stolzierte prunkhaft mit Gückelhahnfeder auf dem Schlapphut vor den beiden Grafen von Lohre und Klettenberg her, die in die allerliebste Bauernbrüderschaft gezwungen waren. Drehte sich der Held auf einem Beine um, schwang seinen Spieß und rief: Siehst du, Bruder Ernst, wie ich Krieg führen und exerzieren kann? Was kannst du denn, hehehe? Graf Ernst von Klettenberg antwortete trocken: Bis zufrieden, Hänsel! Das Bier gäret wohl, es ist aber noch nicht im rechten Fasse, dahinein es kommen wird! — Das war ein böses Wort, das nahmen die Herren Bauern sehr übel und hätte dem Grafen fast Prügel getragen. Er hatte aber doch recht gehabt, denn als das Blättlein sich wendete, so kam schon das Bier in das rechte Faß zusamt der Hefe und ward der Spieß garstig umgedreht, nämlich manchem kecken Bäuerlein im Leibe.

46. Zaubersaal und Lutherfalle

Im Kloster Walkenried zeigt man noch einen alten wüsten Boden, den nannte man früher einen Saal. Herzog Christian Ludwig zu Braunschweig hatte nach der Reformation in Walkenried eine gute Klosterschule einrichten lassen, wie zu Pforte, zu Meißen, zu Schleusingen, zu Roßleben und andern Orten andere fromme Fürsten auch getan, und hatte alle Einkünfte des Stiftes Walkenried dazu bestimmt und gesagt, er begehre in seinen Schatz keinen Heller von dem Vermögen der geistlichen Stifter. In dem erwähnten Saale nun spielten einstens die Schüler und hatten ein Zeichen gelegt, wer unter ihnen darüber und am weitesten springen könne. Da war ein Knabe aus dem nahen Städtlein Ellrich dabei, der hieß Damius (wurde hernachmals Superintendent und berühmt), und der blieb auf einmal auf einem gewissen Platz, dahin er beim Springen gekommen, stehen wie gebannt und war nicht davon wegzubringen und wegzureißen. Auch der herzugerufene Rektor vermochte es nicht. Da gedachte der Rektor, es müsse hier ein geheimer Zauber walten, und gebot dem Schüler, umherzublikken, ob er nicht ein Zeichen oder eine Schrift erblicke. Das tut der Knabe, und da nimmt er über sich einen Kreis wahr und an der Ostwand eine griechische Schrift, nach Süden aber angemalte Charaktere, und beschreibt sie und liest die Schrift, und da wird er wieder frei. Der Rektor machte Anzeige davon, und es soll dann gen Westen in der Mauer am Fenster in einer Blende ein Steintopf voll Brakteaten, jeder so groß als ein Ortstaler ($^1/_3$ Taler- oder $^1/_2$ Guldengröße), gefunden worden sein. Später haben noch andere gesucht mit Zauberformeln und Wünschelruten, aber obschon die Wünschelrute geschlagen und es heller Tag gewesen, so wäre ein Schrecken über sie gekommen und gewesen, als wenn ein Wirbelwind zwischen ihnen hindurchbrause und sie bis zur Decke emporziehe. Andere sagen, jener Rektor habe den Schatz heimlich gehoben und solchen Thesaurum ad usum Delphini auf sich transferieret. Noch andere haben wissen wollen, der berühmte Benediktiner und Chemiker Basilius Valentinus, der auf dem Petersberge zu Erfurt lebte und sich im Besitz des Steines der Weisen befand, habe auch im Kloster Walkenried auf eine Zeit gelebt, und jener verborgene Schatz im Zaubersaal, den der Schulrektor gefunden, sei der Stein der Weisen gewesen, welches jedoch aus vielen Gründen billig in Zweifel zu ziehen und ganz ohne Beispiel sein dürfte.

Es geht auch noch die Sage, daß einst auf einer Reise durch den Harz Doktor Martin Luther von Nordhausen, allwo er gepredigt und vom Erzbischof von Mainz beredet, mit diesem in das Stift zu Walkenried gekommen, da habe der Mönche Arglist den Reformator, dessen Werk und Wirken ihnen gar sehr zuwider, heimlich aus der Welt schaffen wollen und ihn nach einer Falle geführt, die sie bereit hatten für Missetäter. Dies Werk hieß der Marienkuß, hatte den Anschein einer kleinen Kapelle, darinnen brannte vor einem dunkeln Madonnenbilde ein ewiges Licht, das Bild aber war eine eiserne Jungfrau, und trat einer in dieses Kapellchen, so wich der Boden, und er stürzte in eine grauenvolle Tiefe hinab. Schon nahte Lutherus sich dem verräterischen Ort, siehe, da lief sein Hündlein vor ihm her und hinein, tat einen Schrei und verschwand. Da deutete Lutherus mit der einen Hand nach der Falle und mit der andern nach oben und sprach mit ernster voller Stimme nur die zwei Worte: Gott wacht! — und ging, und die Mönche erbebten.

47. Der kleine Schneider

Zu Duderstadt in der goldnen Mark lebte ein Gewandschneiderlein, das war nicht höher als viertehalb Fuß, hatte aber eine große dicke Frau, und die wollte einstmals in die Wochen kommen. Da nun die Kindermuhme kam, so sprach sie leise mit der Frau und drehte sich dabei immer vorsichtig nach dem kleinen Manne um, der dort saß und eine Schneidersrechnung schrieb und den sie nicht kannte. Endlich aber fand sie es doch ganz und gar unpassend, daß selber Kleine Ohrenzeuge ihrer Verhandlungen mit der Wöchnerin sei, und wendete sich zu ihm und sagte: Lütje Jonge, ga dog an beten met dinen Schrybedouke weg, oder spele buten; ek hevve met diner Moime tau spräken, un dat schikt sek nich vor lütje Krabben, tau horken. Auf diese Rede ward dem Schneiderlein heiß und kalt, es begann zu greinen und sagte: Ick ben ja der Egtemann sülvest! — Da erschrak die langfingerige Frau und bat tusendig umme Unveröbelunge.

II. Sagen aus Westfalen
(einschließlich Lippe-Detmold)

1. Der Grinkenschmied

Drei Stunden von der Stadt Münster liegt der Detterberg, auf dem wohnte vor alten Zeiten ein wilder Mann, den hießen die Leute Grinkenschmied. Er wohnte in einem tiefen Erdloche, das ganz mit Gras und Sträuchern überwachsen war, daß, wer es nicht wußte und kannte, es auch nicht auffinden konnte. Und in dem Loche da hatte er seine Schmiede und arbeitete treffliche und rare Sachen, die waren von ewiger Dauer, und seine Schlösser vermochte niemand ohne seinen eigenen Schlüssel zu öffnen. An der Kirchentüre zu Nienburge soll auch ein Schloß von ihm sein, das hatte die Eigenschaft, daß es die Diebe, die es erbrechen wollten, gleich festnahm und gefangen hielt. Wenn nun in der Nachbarschaft eine Hochzeit war, so kamen die Bauern zum Grinkenschmied und liehen von ihm einen Bratspieß, dafür mußten sie ihm dann einen Braten geben. Da kam denn auch so ein Bauer vor das Loch und rief: Grinkenschmied! Gib mir 'n Spieß! – Der Grinkenschmied rief dagegen, weil er dem Bauer nicht trauen mochte: Kriegst keinen Spieß, gib mir erst 'nen Braten! – Kriegst keinen Braten, behalt' deinen Spieß! rief der Bauer wieder hinunter. Darüber wurde der Grinkenschmied gar zornig in seinem Loche und schrie dem Bauer nach: Wahre dich, daß ich mir keinen Braten nehme! – Der Bauer ging ganz ruhig nach Hause, aber als er nach Hause kam, scholl ihm großes Wehklagen entgegen, sein bestes Pferd lag tot im Stalle, und eines seiner Hinterbeine war samt dem Schenkel ausgelöst, als hätte es ein Wildbretsmetzger kunstgerecht gemacht, und – fehlte, war hinweg. Das war Grinkenschmieds Braten.

2. Jägerstücklein

Im Münsterlande besaß ein Edelmann weitausgedehnte Forste, und da begab sich's auf seinem Gute, daß der Förster meuchlings erschossen wurde, und als ein anderer die Stelle bekam, ging es diesem ebenso und andern, welche folgten, desgleichen, da mochte endlich niemand mehr in diesem Walde Förster sein, denn die Sache hatte sich in der ganzen Gegend ausgesprochen, und man erzählte sie ganz genau, wie es zugehe mit diesen rätselhaften Ermordungen, nämlich sobald der neue Förster in den Wald trete, knalle in weiter Ferne ein Schuß, ihn aber treffe stets die Kugel mitten in die Stirne, so daß leicht zu ermessen war, daß hier etwas Übernatürliches und grauenhaft Geheimnisvolles im Spiele sein mußte. Daher blieb der Wald einige Jahre fast ganz ohne Aufsicht, bis sich endlich ein vagierender Jäger meldete, der ganz so aussah, als fürchte er weder den Teufel noch seine Großmutter. Der Edelmann sagte ihm aber ganz ehrlich, welche mißliche Bewandtnis es mit der Försterstelle habe und daß er ihm kaum zur Annahme derselben raten könne und dürfe, wie gern er auch seine Waldung wieder in forstlicher Aufsicht habe: denn auch dazumal wußte man, was man da und dort in neuerer Zeit mit Willen vergaß, daß alle Waldbewirtschaftung nichts nutzt und Schaden verursacht, die nicht durch Forstverständige betrieben wird, womit an vielen Orten und Enden sich manche Gemeinde selbst recht derb ins Auge geschlagen hat. Der Weidmann aber sagte, er wolle es darauf wagen, er fürchte sich nicht vor den unsichtbaren Scharfschützen, er könne auch Jägerstücklein und habe für den, der ihm ans Leben wolle, auch eine gewisse Kugel gegossen und im Rohre stecken, und übernahm also die Stelle und den Wald. Am andern Tage versammelte der Edelmann mehrere Jagdgesellen, den neuen Förster auf seinem ersten Gange in den Wald zu begleiten, aber kaum war dieser betreten, so knallte in der Ferne ein Schuß, aber im selben Augenblicke warf der Jäger seinen Hut in die Höhe, und wie der Hut niederfiel und aufgehoben ward, sahe man, daß er von einer Kugel gerade da durchbohrt war, wo er auf der Stirne des Jägers aufsaß. — Jetzt komme ich, spricht der Hanswurst, sagte der Jäger, nahm seine Büchse von der Achsel und rief: Dem Gruß einen Gegengruß! und schoß. — Alle wunderten sich, die dabei waren, auf das höchste und folgten dem Jäger tief durch den Wald, bis sich an dessen Ende ein Mühlhaus zeigte, aus welchem Klagegeschrei erscholl. Als die Waldgesellen hinzutraten, fanden sie darin den Müller tot — eine Büchsenkugel war ihm mitten durch die Stirne gegangen; er war der jagdzauberkundige Schütze gewesen, der jeden Förster aus der Ferne mit Freikugeln traf, um allein im Walde des Wildstandes Herr zu sein. Dem Edelmann grausete vor solchen Künsten, wie sein neuer Förster nicht minder übte. Dieser konnte die Feldhühner nach seiner Tasche fliegen lassen, soviel er deren bedurfte.

Das Wild bannte er, daß es stehenbleiben mußte, wo er wollte, und völlig schußgerecht. In die unglaublichste Entfernung traf der Jäger stets und sicher. Darum nahm der Edelmann einen schicklichen Vorwand und entließ ihn bald wieder aus seinen Diensten.

3. Jungfer Eli

In der Davert, einem Walde im Münsterlande, sind viele Gespenster und Poltergeister gebannt, da dürfen sie nicht heraus, um so greulicher durchspuken sie den Wald. Einer dieser Geister gehörte einer Haushälterin an, welche im Münsterschen Stifte Freckenhorst einer frommen Äbtissin diente, aber nichts weniger als selbst fromm war, vielmehr recht böse, geizig und gottlos. Diese Haushälterin hieß Jungfer Eli. Arme jagte sie mit der Geißel aus der Pforte des Stifts; die Klingel an der Türe band sie fest, daß kein Bettler anläuten konnte; Knechte und Mägde plagte und schalt sie, ließ es wohl auch bei letztern nicht an Püffen und Schellen fehlen. Jungfer Eli trug ein grünes Hütchen mit weißen Federn darauf, so sah man sie häufig im Garten gehen oder sitzen. Eines Tages kam eine Klostermagd eilend zum Pfarrer, er möge gleich ins Stift kommen, Jungfer Eli wolle sterben. Der Pfarrer eilte, sein Weg führte ihn durch den Garten, und da saß Jungfer Eli in ihrem grünen Hütchen mit weißen Federn auf einem Apfelbaum. Wie aber der Pfarrer dennoch in das Haus trat, führte ihn die hochwürdigste Frau Äbtissin an das Bette der Kranken, und da lag Jungfer Eli doch wieder darin und schalt und belferte: Das dumme Mensch hat gesagt, ich wolle sterben, ist nicht wahr, ich will nicht sterben, ich sterbe nicht, ich halt's nicht aus! Geht zum Kuckuck! Endlich aber mußte Jungfer Eli doch sterben, sie mochte wollen oder nicht; wie sie starb, zersprang eine Glocke der Abtei, und bald darauf ging Jungfer Elis Spuken an durch Küche und Stall, über Treppen und Gänge. Mit Saus und Braus fuhr sie wie ein Wirbelwind im ganzen Abteigebäude herum, ja selbst im Stiftswalde sahen sie die Holzknechte von einem Ast zum andern fliegen. Bisweilen trug sie, wie sie sonst getan, eine schöne Torte aus der Küche nach dem Zimmer der Äbtissin, zeigte sie

den Mägden und bot sie ihnen an und sagte: Tort, Tort! Wenn
nun jene die Torte nicht annahmen, weil sie sich entsetzten,
schlug Jungfer Eli ein Gelächter auf, daß die Kannen klirrten, und
warf ihnen die Torte vor die Füße, und da war es insgemein ein
runder Kuhplappert. Selbst die Äbtissin blieb nicht ungeplagt;
auf einer Fahrt nach Warendorf wollte Jungfer Elis Geist zu ihr in
den Wagen, und jene entging ihr nur mit List, indem sie einen
Handschuh fallen und, während Jungfer Eli sich danach bückte,
den Kutscher eilend davonjagen ließ. Endlich berief die Äbtissin
die Geistlichkeit der ganzen Gegend, den Spukgeist zu bannen.
Die geistlichen Herren fanden sich ein mit allem Rüstzeug zum
Bannen und Teufelaustreiben und begannen im Herrenchor der
Stiftskirche ihre Zitationen. Da rief eine Stimme: He gickt, he
gickt! Und es fand sich, daß sich ein Knabe in die Kirche geschli-
chen hatte und lauschte. Der Knabe wurde hinausgejagt und
schlug draußen ein Höllengelächter auf, er selbst war Jungfer Eli
und durch die Herren selbst vom Banne befreit. Doch half ihr das
nicht, denn es wurde gleich ein stärkerer Bann angewendet und
Jungfer Eli in die Davert gebannt. Alle Jahre einmal fährt der Sage
nach Jungfer Eli mit Gebraus und Getümmel wie die wilde Jäge-
rin über die Freckenhorster Abtei, wirft einige Schornsteine ab
und zertrümmert Fensterscheiben, und mit jedem hohen Feste
kommt sie der Abtei wiederum einen Hahnschritt näher. — Von
dem Hahnschritt näher erzählt auch die Sage von einem umge-
henden Bauer bei Bassum.

4. Seltsame Brunnen

Bei Paderborn ist ein Brunnen, Metron genannt, aus diesem fließen drei Bächlein; deren eines führt ein klares, helles, warmes
Wasser, das andere ein trübes, weißes und kaltes Wasser von einem starken Geschmack und das dritte ein grünliches, klares und
säuerliches Wasser. Wenn aus dem mittelsten Bächlein Vögel
trinken, fangen sie an zu zittern und sterben, und fanden sich solcher Eingeweide und Lungen ganz zusammengezogen und ver-
schrumpft. So quillt auch eine Meile von Paderborn beim Dorfe
Altenbeken ein mächtiger Quell zutage, der heißt der Bullerborn
oder Polderbrunnen, mitten in sandiger Ebene, wo man keine

Quelle vermuten sollte, der kommt und verschwindet dreimal des Tages und bricht dann jedesmal so stark hervor, daß seine Flut drei Mühlgänge treiben könnte, und verrinnt dann, wenn er die ganze Ebene mit großem Getös überschwemmt, wieder im Sande. In Paderborn selbst aber entspringt aus dreien Quellen unterm Choraltar im Dome das Flüßchen Pada, von dem die Stadt ihren Namen soll empfangen haben.

5. Köterberg

Der Köterberg an der Landscheide des paderbornschen, corvey-schen und lippeschen Gebietes mag wohl ehedem Götterberg ge-heißen haben. Viel erzählt von ihm die Sage; daß er innen voll Schätze sei, daß an seinem südlichen bewaldeten Fuße eine Harz-burg gestanden habe, deren Reste noch zu sehen, und bei Zieren-burg, zwei Stunden von ihr, eine Hünenburg. Öfters haben die Hünen, die auf diesen Burgen wohnten, mit Hämmern herüber- und hinübergeworfen.

Einem Schäfer, der auf dem Köterberge seine Herde hütete, er-schien eine reizende Jungfrau in königlicher Tracht, die trug in ihrer Hand die Springwurz, bot sie dem Schäfer dar und sagte: Folge mir! Da folgte ihr der Schäfer, und sie führte ihn durch eine Höhle in den Köterberg hinein, bis am Ende eines tiefen Ganges eine eiserne Türe das Weitergehen hemmte. Halte die Springwurz an das Schloß! gebot die Jungfrau, und wie der Schäfer gehorchte, sprang die Pforte krachend auf. Nun wandelten sie weiter, tief, tief in den Bergesschoß hinein, wohl bis in des Berges Mitte. Da saßen an einem Tische zwei Jungfrauen und spannen, und unterm Tische lag der Teufel, aber angekettet. Ringsum standen in Kör-ben Gold und Edelsteine. Nimm dir, aber vergiß das Beste nicht! sprach die Jungfrau zum Schäfer; da legte dieser die Springwurz auf den Tisch, füllte sich die Taschen und ging. Die Springwurz aber ließ er auf dem Tische liegen. Wie er durch das Tor trat, schlug die Türe mit Schallen hinter ihm zu und schlug ihn hart an die Ferse. Mit Mühe entkroch der Schäfer der Höhle und freute sich am Tageslicht des gewonnenen Schatzes. Als er diesen über-zählte, gedachte er sich den Weg wohl zu merken, um nach Gele-genheit noch mehr zu holen, allein wie er sich umsah, konnte er nirgend den Ein- oder Ausgang entdecken, durch den er gekommen war. Er hatte das Beste, nämlich das beste Stück zur Wiederkehr, die Springwurz, vergessen.

6. Desenberg

Gleich dem Köterberge ist auch der Desenberg weit berufen, daß in ihm viele Schätze verborgen liegen und mancher in das Innere Geführte das Beste vergessen habe. Die Burg auf dem Desenberge soll, wie manche behaupteten, Karl der Große erbaut und allda seinen Sitz gehabt haben in den Kriegen gegen die Sachsen, habe sich auch mit seinem Hoflager hinabgebannt in den Bergesschoß, wo er gleich dem Barbarossa an einem Steintisch sitzt, durch den sein langer Bart gewachsen ist, und daraus er einst wieder hervorgehen werde und sein großes zerfallenes Reich wiederherstellen. Hirten und Schäfer haben den alten Kaiser vordem zuzeiten sitzen sehen, und solche, die ihm Lieder vorpfiffen, sind beschenkt worden. Ein Bäcker aus dem nahen Marburg, der dem alten Kaiser Weißbrot brachte, empfing reiche Begabung. Sonst ist der Stadt Marburg vom Desenberge aus mehr Drangsal als Begabung widerfahren. Andere Kunden berichten, daß schon vor Karl dem Großen auf dem Desenberg eine Bergfeste der alten Sachsen stand, und manche behaupteten dann, der Desenberg sei das alte Dispargum, darum einst so viel unnützen Gelehrtenstreites war, recht wie um des Kaisers Bart, weil alle die uralten befestigten götterheiligen Burgstätten in frühester Heidenzeit Dispargen hießen, da blieb denn an einer und der andern der frühere Klang des Namens haften, und so mag wohl auch auf dem Desenberge eine Disparge gestanden haben. Da nun Karl der Große die alten Burgen in jenem Lande alle gewann, Iburg und Syburg, Ehresburg und Bransberg und Bukke und andere, so befestigte er die starke Burg noch mehr und setzte einen seiner Treuen des Namens Konrad Speegel als Burgmann darauf, von dem stammt das berühmte Geschlecht der Spiegel vom Desenberge ab. In spätern Zeiten wurde die Burg den Bischöfen von Paderborn und den Äbten von Corvey ein Dorn im Auge, denn die Besitzer plagten die Umgegend, insonderheit Städte und Stifter, weidlich, und ward oft heftig um den Desenberg gestritten, die Burg erobert, zerstört und wieder aufgebaut, bis das zahlreich vermehrte Geschlecht ihrer Besitzer am Bergesfuß vier neue Stammsitze baute und die alte Stammburg verließ.

7. Graf Erpo von Padberg

Auf der Burg Bukke, später Bocke, die auch aus den alten heidnischen Sachsenzeiten herstammte, saß ein Graf von Padberg und Flechtorp, der war von wilder und jäher Gemütsart und schonte nichts, wenn erst sein Zorn gereizt war. So hatten sich einmal die Einwohner des Dorfes Horhusen, das jetzt nicht mehr vorhanden, gegen den Grafen aufgelehnt, und er brach alsbald auf, das Strafamt zu üben, alles zu ermorden und den Ort niederzubrennen, denn in jener Zeit parlamentierten die Herren nicht erst ein langes und breites mit dem Aufruhr. Da nun die Rache ihren Anfang nahm und die ersten Häuser bereits brannten, so liefen einige Einwohner voll Schreck und Entsetzen in die Kirche zum heiligen Märtyrer Magnus, rissen das Kruzifix vom Altar und trugen es dem Wüterich entgegen, beim Bilde des Gekreuzigten um Schonung und Gnade flehend. Graf Erpo aber wollte nichts davon wissen, er schlug mit seinem Schwert auf das Bildnis unsers Erlösers, daß die Dornenkrone gleich in Stücke zersprang und zur Erde fiel. Aber im selben Augenblicke durchzuckte des Grafen Hand ein jäher Schmerz, das Schwert entfiel ihr, und die Finger verkrummten. Da erkannte der Graf die strafende Hand Gottes, ließ ab von Ausübung seiner Rache, begabte die Kirche des heiligen Magnus, erbaute ein Kloster zu Flechtorp und brachte in dasselbe die Gebeine des heiligen Landelin, die früher in Bocke verwahrt waren, und die Bischof Badured im Jahre des Herrn 836 aus Cambray erhalten und der Pfarrkirche des alten Ortes Bukke geschenkt hatte. Graf Erpo starb ohne Erben, und all sein Gut fiel dem Kloster Flechtorp zu.

8. Die dreieckte Wewelsburg

Hoch überm Almetale unterhalb Paderborn erhebt sich auf einem steilen Felsenberge die Trümmer der alten Wewelsburg über dem gleichnamigen Dorfe. Ein Ritter Wevelo von Büren soll ihr den Namen verliehen haben, da er ein Jagdhaus auf der Stätte einer viel ältern Burg sich erbaute, die schon der heilige Mainolf, ein Sachse von Geburt, dessen Taufpate Karl der Große in eigner Person gewesen, besaß und bewohnte. Aus dem Jagdhaus Mevelos ward aber später wieder ein fester Burgsitz, und als solcher umfing die Burg als ein Gefängnis den heiligen Norbert, allwo dieser fromme Mann in einem tiefen Burgverlies schmachtete, das noch bis heute gezeigt und das Norbertsloch genannt wird. Damals besaß Friedrich Graf von Arensberg die Feste, er war es, der Norbert so hart gefangen hielt. Allen Vorstellungen, Norbert freizugeben, widerstand der Arensberger auf das hartnäckigste und verschwur sich hoch und teuer bei einem Mahle, das auf der Burg gehalten wurde. Da geschahe aber etwas sehr Unerwartetes und gar Schreckliches vor den Augen aller Gäste, denn plötzlich schrie Friedrich von Arensberg: Helft, helft! Ich erplatze! – und da erplatzte er auch alsbald, und seine Gedärme fielen ihm aus dem Leibe heraus auf die Erde. Darauf wurde Norbert sogleich freigegeben.

Die Wewelsburg ist in eines Dreieckes Form erbaut; sie wurde noch mancher Fehde und manches Kampfes Ursache. Von den Arensbergern kam sie an die Grafen von Waldeck, dann an andere Besitzer und zuletzt an das Hochstift Paderborn. Fürstbischof Dieterich erbaute ein neues, schönes Schloß auf der Wewelsburg altem Grund; das kostete ohne die Frondienste und Fuhren sechsunddreißigtausend Taler, aber die Schweden unter Krusemark verwüsteten es vierzig Jahre nachher auf die greulichste Weise. In dem alten vergessenen Ritterroman Kuno von Kyburg ist der Wewelsburg auch eine Rolle zu spielen vergönnt worden, und nicht unanziehend ist, was sich zu damaliger Zeit, als Kuno von Kyburg durch die Leserkreise spuken ging, auf ihr begab. Ein reicher Lord in England besaß eine im Dreieck erbaute Burg, und diese Seltsamkeit dünkte den Seltsamkeiten liebenden Sohne Albions ein unschätzbares Besitztum. Er meinte, sagte und glaubte, eine dreieckte Burg sei in der ganzen Welt nicht mehr zu finden als nur einzig und allein in England, und auch da nur einzig und allein in **shire, und die sei die seine, des Lords. Da führte das Mißgeschick dem Lord einen Emigranten aus Frankreich zu, der hatte sich in der Welt umgesehen, war auch in Deutschland, in Westfalen und auf der Wewelsburg gewesen, und da nun der Lord so hoch Rühmens machte von seiner dreieckten Burg, so sagte der Emigrant, solcher Burgen gebe es mehr, in Deutschland wisse er auch eine. Das wollte der Lord nimmermehr glauben, nein, dreieckte Burgen könne es nicht weiter geben, der Franzose solle mit auf die Reise, diese Burg müsse der Lord sehen, sagte er, und alle Kosten wolle er tragen und verlange nichts weiter, als daß der Franzose beschämt eingestehen solle, nur der Lord besitze eine dreieckte Burg.

Da haben sich die beiden Herren miteinander auf die Reise gemacht und sind Tag und Nacht gereist, über den Kanal und nach Amsterdam, durch Holland und durch das schöne Land Ober-Yssel, nach Westfalen herein, nach Münster und Telgte, über Warendorf nach Rheda und Wiedenbrück, durch Rietberg über das Lauer Bruch, bis sie dahin gekommen sind, wo die Lippe und die Alme sich einen, und endlich sind sie auch auf die Wewelsburg gekommen. Und da hat sich der Lord die Burg recht genau angesehen, und dann hat der gesagt, es sei leider wahr, er sei nicht allein ein dreieckter Burgbesitzer, und ist nach Hause gereist voller Zorn und hat seine Burg abbrechen lassen und sich eine neue vieleckige gebaut, weil er nicht mehr haben sollte eine dreieckte Burg allein.

9. Der Glockenguß zu Attendorn

Eine Witwe, welche zu Attendorn im Lande Westfalen lebte, hatte einen einzigen Sohn, und der ging in die Fremde nach Holland, wo er treu und fleißig arbeitete, die Mutter unterstützte und auch für sich etwas zurücklegte, was er aber alles nach Hause zur Mutter sandte, es ihm aufzubewahren. Da kam eines Tages mit andern Sachen eine kleine, schwarze, aber sehr schwere Metallplatte, welches Erz die Frau, die einen kleinen Laden hielt, unter die Bank stellte, da sie nicht recht wußte, wo sie es aufbewahren sollte, seiner auch nicht hoch achtete. Nun traf es sich, daß die zu Attendorn wollten eine neue Glocke gießen lassen, und da gingen Männer aus der Gemeinde von Haus zu Haus und erbaten altes

Metall, Erz, Messing, Kupfer, Zinn, alles, was gut war zur Glok-
kenspeise von zerbrochenen oder abgängigen Geschirren und
Hausgeräten, und da die Witwe gerade nichts Entbehrliches von
solcher Art hatte, so fiel ihr die alte schwarze Erzplatte ihres Soh-
nes ein, und sie gab diese den Männern hin. Der Glockengießer
reiste bald darauf nach Arensberg, wo er auch Arbeit hatte, indes
bereitete sein Geselle zu Attendorn alles zum Guß vor bis zu des
Meisters bestimmter Ankunft, formte die Glocke und brachte
einstweilen alles Erz in Fluß. Siehe, da blieb der Meister, durch
andere Arbeit verhindert, aus, und der Geselle konnte nicht anders als den Guß vollenden, auch war er seiner Sache gewiß. Und
das Werk gelang ganz vortrefflich, und als nun die Glocke geläutet wurde, hatte sie einen überaus herrlichen Klang, so daß alles,
und sein Werk am meisten, den Meister lobte, obgleich selber
Meister nur noch ein Geselle war. Heitern Sinnes gedachte dieser
nun nach Arensberg zu reisen, um seinem Meister dort zu helfen,
und als er schied, da gaben ihm viele gute Gesellen das Geleite,
und hinter ihm schallte das herrliche Geläute seiner Glocke, ihm
zu Dank und Ehren. Als nun der wandernde Geselle mit seiner
Geleitschaft gegen das Schloß Schnellenberg kam, begegnete ihm
auf einer steinernen Brücke zu Pferde sein Meister, welcher schon
erfahren hatte, daß der Geselle ohne ihn den Glockenguß mei-
sterlich vollbracht, voller Zorn und Wut, schnaubte ihn mit den
Worten an: Was hast du getan, du Bestia! und schoß ihm auf der
Stelle eine Kugel durch den Kopf und sprach zu den erschrocke-
nen Geleitenden: Der Kerl hat die Glocke gegossen als ein
Schelm, sie muß umgegossen werden! Ritt auch stracklich, als habe er was Rechtes vollbracht, nach Attendorn, in Absicht, die
Glocke wirklich umzugießen. Allein die Zeugen der Mordtat
klagten ihn an beim Rat, und der Rat ließ ihn alsbald festsetzen
und bedeuten, es sei nicht Brauch im Reich, daß jeder Meister an
seinem Gesellen zum Scharfrichter werde, und ließ ihn befragen,
was ihn zu solcher Untat getrieben, denn ein hochweiser Rat zu
Attendorn sah klüglich ein, daß wohl mehr dahinter verborgen
liegen müsse als bloßer Zorn und Eifersucht über ein noch dazu
wohlgelungenes Werk des Gesellen. Erst fragten sie gütlich, dann
peinlich und sehr peinlich mit eisernen Fragezeichen, als da waren Daumschrauben, spanische Stiefeln, gespickter Hase und
dergleichen, und da bekannte der Meister Glockengießer, er habe
sich so sehr erzürnt über den Gesellen, weil unter dem eingelie-
ferten Metall eine schwere schwarzgefärbte Goldplatte gewesen,
die er, der Meister, für sich habe wegzacken und zurückbehalten
wollen, die habe der Geselle aus Unkunde auch mit eingeschmol-

zen, und davon habe die neue Glocke den herrlichen Klang. Darum habe er die Glocke nochmals umschmelzen, das Gold ausscheiden und sie neu gießen wollen. Mit diesem Bescheid auf seine Fragen war der Rat zu Attendorn zufrieden und ließ dem Meister den Kopf abschlagen, dem unschuldigen Gesellen aber auf jener Brücke ein steineres Kreuz zum Andenken errichten. Niemand aber konnte denken, wer in der Stadt zur Glocke eine so kostbare Beisteuer gegeben habe. Da kehrte der Sohn der Witwe mit ziemlicher Habe aus Holland zurück und fragte bald seine Mutter, wo sie die schwere Goldplatte aufbewahrt habe, so er ihr gesendet. Gold? Das war Gold? schrie die Witwe und wurde vor Schrecken bleich und schier ohnmächtig und bekannte mit Zittern, daß sie die schwarze Platte hingegeben habe zum Glockenguß. Darauf sprach der Sohn: Beruhiget Euch nur, meine liebe Mutter! Es ist gegeben zu Gottes Ehre. Und nun erzählte die Frau ihrem Sohne die Geschichte von dem Glockenguß, und wie es dabei ergangen, daß durch jenes Gold zwei Menschen, einer unschuldig und einer schuldig, ihr Leben eingebüßt, daß sie aber nimmermehr habe denken können, daß aus ihrer Hand das vielbesprochene Gold gekommen, und der Sohn sagte: Gott hat es also vorausbestimmt, wir wollen über den Verlust nicht klagen und nur über das Unglück trauern, das jenes Gold geboren.

Nach langen Jahren entzündet ein Wetterstrahl den Glockenturm zu Attendorn, und in der Glut schmolz auch die Glocke. Da ward das Erz gesammelt und geprüft und also goldhaltig befunden, daß von seinem Wert der ganze Turm neu gebaut und mit Blei gedeckt werden konnte. — Ähnliche Sagen von getöteten Glockengießergesellen durch des zornigen Meisters Hand gehen noch viele in Deutschland, so in Groß-Möhringen in der Mark, in Waltershausen in Thüringen und an manchem andern Ort.

10. Sankt Viti Gaben

Vom Kloster Corvey bei Höxter an der Weser gehen viele schöne Sagen. Das Kloster war dem heiligen Veit geweiht und hatte zwar arme, aber sehr fromme Mönche. Nur einmal im Jahre hielten sie

KLOSTER CORVEY BEI HÖXTER

ein Gastmahl, und das geschah am Sankt-Vitus-Tage, zu Ehren des Schutzpatrons, und war dennoch mäßig und beschränkt, denn die Einkünfte des Klosters waren gering. Einmal geschah es, daß Sankt-Vitus-Tag, welches ist der 15. Juni, herankam und es leider dem Kloster fast an allem zu einem Festmahl Nötigen gebrach, an Fischen, an Wildbret und an Wein, nur Gemüse war vorhanden. Vergebens sannen die Mönche, wie sie ohne das Nötigste ihr Fest begehen sollten, siehe, da plätscherte es im Klosterbrunnen, und zwei große Karpfen schwammen darin, und auf dem Hofe stellten sich zwei prächtige Hirsche ein, die waren feist vor der eigentlichen Feistzeit. Das war eine Freude! Fast hätte der Bruder Klosterkoch getanzt. Und da kam mit strahlendem Gesicht der Bruder Kellermeister und trug zwei große Krüge, die er gefüllt hatte am Quell, der in der Kirche hinter dem Altar sprang, und verkündete, daß das Wasser dieses Quells in Wein verwandelt sei. Da nun die Kunde solcher hohen Wunder dem Abt angesagt war, so sprach dieser: Brüder, lasset uns in Demut und Dankbarkeit diese Gaben Gottes und unsers heiligen Schutzpatrones genießen. Es genüge uns aber an einem Hirsch und an einem Fisch, und jeder fülle sich nicht mehr als zwei Kannen Weines. Da ließen die Brüder ohne Widerrede den einen Hirsch ins Freie und den einen Fisch in die Weser und segneten im Herzen den guten Abt, daß er ihnen doch statt nur eines Krügleins Weines deren mindestens zwei erlaubt hatte, und hielten ihr Festmahl zu Ehren Sankt Viti in Eintracht und Liebe. Seitdem erneute sich diese Spende des Heiligen an jedem Jahrestage, und immer wurde also verfahren wie am ersten. Endlich aber starb der gute und fromme Abt und ward ein anderer erwählt, dessen Gott der Bauch und dessen Heiliger Herr Bacchus war, der bekannte brave Mann, und als Sankt Viti Jahrtag wieder kam, da ließ der Abt beide Hirsche schlachten und beide Fische und Weines die Fülle füllen und bezechte sich zu Ehren Sankt Viti weidlich. Und als wieder ein Jahrtag kam, da kam mit ihm weder Hirsch noch Fisch, und der Altarquell sprudelte nach wie vor recht klares frisches Wasser, und der Küchenmeister im Kloster Corvey hieß Bruder Schmalhans.

11. Engel und Lilien

Im Kloster Corvey erschienen alljährlich, und wohl sonder Zweifel am Jahrestage Sankt Veits, in der Kirche zwei Engel oder auch mehrere, und wenn die Knaben im Singechor das Gloria sangen, stimmten die Engel am Grabmal des heiligen Veit das Responsorium an mit wunderherrlichen Stimmen. Da war einmal ein Propst im Kloster, der glaubte nicht an Engel, und als der himmlische Gesang wiederum sich hören ließ, schritt er hin zum Kenotaph Sankt Viti und fragte frech: Was singet ihr hier? Wer seid ihr? Von wannen kommt ihr? Da sangen die Engel zur Antwort: Kommet, wir wollen wieder zum Herrn! Die nach ihm fragen, werden ihn preisen! Seitdem durchtönte nie wieder Engelgesang die Klosterkirche, wie es seit dreihundert Jahren immer geschehen war, und das Kloster kam in Verfall, sein weitverbreiteter Ruhmesstern erlosch.

Was sich im Dome zu Lübeck zugetragen mit den voraussagenden Todesrosen und dem Mönche Rabundus, dasselbe begab sich im Kloster Corvey mit Lilien. Im Chore der Kirche hing ein eherner Kranz, und im Kranz war eine Lilie, und wenn einer der Brüder sterben sollte, so kam diese Lilie allezeit wunderbarlich herab und lag drei Tage vorher im Stuhle des Bruders, dem zu sterben bestimmt war und der dann ernst und still sich vorbereitete zum seligen Dahinscheiden. Dieses Wunder war mehrere hundert Jahre lang im Gange, da fand einst ein junger Klosterbruder, der früher als die anderen in den Chor kam, auf seinem Stuhle die Lilie und dachte bei sich selbst, indem er erbebte: Soll ich schon sterben und bin noch so jung? Wäre es nicht besser und mehr in der Ordnung, es ginge damit der Reihe nach, erst die Alten, damit die Jungen Zeit gewännen, auch alt zu werden? Und da lag schon die Lilie aus des jungen Klosterbruders Hand im Stuhle des ältesten Mönchs. Da dieser nun kam und die Lilie sah, entsetzte er sich fast bis zum Tode, denn das hohe Alter stirbt am mindesten gern, weil das Leben so schön ist und den Ältesten nur als eine kurze Spanne erscheint, und erkrankte, doch nicht zum Sterben; nach dreien Tagen aber lag der junge Klosterbruder, der das Todeswahrzeichen, die Lilie, von sich ablehnen wollen, kalt und steif auf dem Brett, von einem jähen Tod hinweggerafft.

12. Das Fräulein vom Willberg

Nahe bei Höxter bildet die Lage der drei Dörfer Godelheim, Amelunxen und Ottbergen ein Dreieck, durch welches die Aa fließt. Godelheim gegenüber liegt der Wiltberg oder Willberg, auf dem ist es nicht geheuer, vorzeiten wohnten Hünen auf ihm, die sich mit den Hünen auf dem nahen Brusberg viele zentnerschwere Steinkugeln zuwarfen. Noch sieht man mitten im Tale das tiefe Loch, das einmal eine solche Kugel, die zu kurz geworfen wurde, in den Erdboden schlug. Ein Fräulein wandelt am Willberge herum und erscheint bisweilen und begabt die Menschen, wenn sie verständig sind.

Zwei junge Burschen aus Wehrden, Peter und Knipping haben sie geheißen, gingen in den Wald nach Vogelnestern, der eine war erstaunlich faul, legte sich unter einen Baum und schlief ein, und das war der Peter. Knipping verlor sich im Walde und suchte Nester. Da zupfte den Peter etwas am Ohr. Er wachte auf, sah sich um und sah nichts. Das geschah, nachdem der faule Peter wieder eingeschlafen war, zum zweiten und endlich gar zum dritten Male. Da mochte der Peter nicht länger liegenbleiben an einem so unruhigen Ort und stand auf, einen ruhigeren zu suchen, wo er im Frieden schlafen könne. Siehe, da ging vor ihm her eine weiße Jungfer, die knackte Nüsse auf, warf die Kerne zur Erde und steckte die Schalen in die Tasche und verschwand. Peter las die Nüsse auf und aß sie, und es freute ihn, daß er nicht die Plage gehabt, sie selbst aufknacken zu müssen, denn das wäre ihm schon zu viel Arbeit gewesen. Da Peter nun den Knipping wiederfand, erzählte er ihm, was ihm begegnet war, und zeigte ihm den Ort, wo das wandelnde Fräulein verschwunden war, danach machten sie sich Merkzeichen, holten noch ein paar Kameraden und gruben an derselben Stelle. Da fanden sie ihr Glück, vieles Geld, so viel sie einsacken konnten. Am andern Tage wollten sie mehr holen, da war aber alles verschwunden. Peter war ganz glücklich, er baute sich von seinem Geld ein Haus, darin er herrlich schlafen konnte.

Ein anderer älterer Mann, auch aus Wehrden, ging nach Amelunxen, um auf dortiger Mühle Korn zu mahlen. Auf dem Rückwege ruhte er ein wenig aus am Teich im Lau, da erschien ihm das Fräulein vom Willberg und sprach zu ihm: Trage mir zwei Eimer voll Wasser hinauf auf die Stolle vom Willberg. Solches tat der Mann, und als er die zwei Eimer voll Wasser auf den Gipfel des Berges gebracht, sprach das Fräulein: Morgen gehe nach Ottbergen, suche den Schäfer auf und bitte ihn um den Blumenbusch, den er auf seinem Hute trägt, dann komme zu dieser Stunde wieder. Auch dieses tat der Mann, ungern gab ihm der Schäfer den Blumenbusch, ein schönes Jungfräulein hatte ihm denselben geschenkt, er hatte aber nichts damit anzufangen verstanden, wußte nicht, daß das Fräulein vom Willberg die Geberin und daß im Busch die Wunderblume war, vor der sich alle Schlösser und Riegel auftun. Als jener mit dem Busch zum Fräulein auf den Berggipfel kam, sah er eine vorher nie erblickte eiserne Türe, mußte den Blumenbusch vor das Schloß halten, und da sprang die Türe auf. In einer Höhle sah der Mann ein uraltes graues Männlein sitzen, dem war der Bart durch den Tisch gewachsen, und ringsum standen Schätze zuhauf. Über dem Tisch hing ein goldener Kronleuchter. Jetzt begann der Mann einzusacken und legte, die Hände frei zu haben, den Blumenstrauß auf den Tisch. Das Fräulein sprach zu ihm: Vergiß das Beste nicht. Da langte der gute Mann nach dem goldenen Kronleuchter. Da hob das graue Männlein seine Hand und gab ihm eine Dachtel. Des erschrak der Mann über alle Maßen und eilte von dannen, ließ die Blumen liegen und hörte nicht auf des Fräuleins widerholten Ruf: Vergiß das Beste nicht! Krachend flog die Gewölbetüre hinter ihm zu. Als er drunten am Berge war, angesichts Godelheim, wollte er seinen Schatz zählen – da fand er statt Geldes in seinen Taschen eitel Papierzettel, es stand auf jedem ein Wappen und ein Geldwert. Der gute Mann konnte aber nicht lesen, was daraufstand, und warf das Papier in die Aa, da floß es hin, sein Glück. Es war das erste Papiergeld.

13. Die Hünen

Viel weiß in den Gegenden um Höxter, Corvey, Brakel und den Landstrecken durch Westfalen die Sage von den Hünen, Heunen oder Riesen zu erzählen, ja sie erstreckt sich auch nordwärts bis über die Lüneburger Heide hinaus und in die bremenschen Geest- und Marschgegenden. Hünengräber, Hünenbetten, Hünensteine, Hünenkeller, Hünenburgen ruhen im Lande verstreut und gelten dem Volke als Zeugen vom Vorhandengewesensein eines gewaltigen großwüchsigen starken Geschlechts, es ist aber dabei etwas Eigenes und Wunderbares, die Sage, welche Geister und Gespenster, weiße Jungfrauen und schwarze Hunde zahllos wandern, welche Zwerge und Kobolde einzeln und in Menge sich den Menschen zeigen läßt, läßt mit sehr wenigen Ausnahmen die Hünen weder wandern noch erscheinen; sie berichtet nur von deren ehemaligem Dasein, zeigt Spuren ihrer gewaltigen Kraft und nennt die Orte, wo sie gewohnt, gespielt, gekämpft, mit Kugeln und Hämmern sich aus Stundenferne geworfen haben. Mannigfach blieb der Name des Riesengeschlechtes an Orten haften, so liegt über Brakel die Hinnenburg, die Namen naher Dörfer, Riesel und Reetsen (bei Driburg), scheinen auf Riesen zu deuten. Bei Dransfeld im Göttingenschen liegt ein Hunnen- oder Hünenberg, darinnen will man gleichwohl Riesen gesehen haben; überm Dorfe Altenhagen liegt auch eine Hünenburg. Der letzte ihrer Bewohner brach sie in Trümmer und wälzte auf sich selbst den größten Stein als Grabesdecke. Auf dem Wege nach Salzwedel beim Dorfe Lübbow liegt ein riesiger Hünenstein, eines heidnischen Gottes Altar — der kehrt sich in jeder Christnacht vor Unwillen um, wenn der Hahn kräht. Bei Freren in der Niedergrafschaft Lingen steht auch ein gewaltiger Hünenstein, und sind dort reiche Gräber. In der Lüneburger Heide im Amte Knesen liegt der Pickelstein, den warfen die Hünen vom Kläbesberge dahin. Sieben Kreuze und ein Hufeisenabdruck sind an ihm zu ersehen, und es geht die Sage, daß diese ein Heerführer mit seinem Schwert in den Stein gehauen, und den Hufschlag habe sein Roß eingedrückt als ein Wahrzeichen seines Sieges. Vorzeiten soll das Hegegericht der umliegenden Dörfer am Pickelstein gehalten worden sein. Bei Sievern ruht noch unangetastet ein Hünengrab, das Bülzenbette geheißen, von besonderer Art und Größe. Es ist nicht gut, die Hünengräber zu durchwühlen und die längst Begrabenen in ihrer Ruhe zu stören. Ein Kanonikus zu Ramesloh grub nach an einem Riesendenkmal bei Steinfeld, dem erschienen in der Nacht drei Männer, von denen der eine einäugig war, mit drohenden Blicken und sprachen zu ihm mit wunderbaren Lauten in uralter Stabreimweise:

Heldentod haben
Hier wir erlitten.
Für das Vaterland
Fochten und starben wir.
Störern unsers Staubes
Strahlt Glücksstern nimmer.

Der Kanonikus zu Ramesloh hat nie wieder nachgegraben.

14. Amelungen

Wundersam verschmilzt sich in den Sagen dieses Gebietes die Kunde von den Hünen (Riesen) und den Hunnen. Gar schwer ist es, zu scheiden, ob der Namensnachhall, der sich an Berge und Burgen knüpft, mehr dem ureinwohnenden riesigen Geschlecht, das lange vor Karl des Großen Zeit diese Gaue bevölkerte, zuzuschreiben sei oder jenem Hunnenvolke König Etzels, das durch Deutschland zum Rheine zog und im Nibelungenliede seine Verherrlichung findet. Unter Etzels Hunnen waren drei Brüder, die nannte man die Amelungen, sie hießen Walamir, Widimir und Theodimir; das waren mit die tapfersten Helden im ganzen Hunnenheere. Nun ist es eigen, daß in der Gegend um Höxter nachfolgende Orte liegen, die samt und sonders an den Namenshall der Amelungen stark oder schwach erinnern: Amelungen, Amelungshorn, Amelsen, Amelshausen; ja selbst Hameln und Hamelschenburg könnten dahin gedeutet werden, wie andererseits der Dorfname Hiddenhausen, im Dreieck mit Barntrup und Pyrmont, wieder an den friesischen Riesen Hidde erinnert, der zu Karl des Großen Zeiten im Lande Braunschweig lebte, von Karl mit Ländereien an der Elbe begabt wurde und Hiddesacker, heute Hitzacker geschrieben, gegründet haben soll.

15. Die Wittekindsburgen

Held Wittekind, oder Widukind, der Sachsenherzog, hatte eine Burg in der Gegend von Minden auf einem schönen Berge, da, wo das Wesergebirge beginnt und man einen reizenden Punkt der Gegend die Porta westphalica nennt, die hieß die Wittekindsburg oder Wekingsburg, auch Wittigenstein. Eine andere stand auf dem Werder, da wo die Herforder Werre in die Weser fließt, und eine dritte hatte Wittekind nahe der heutigen Stadt Lübbecke erbaut, die hieß die Babylonie. Von allen gehen noch Sagen um im Lande Westfalen. Die Burg bei Minden, oder der Ort selbst, habe erst Visingen geheißen, da habe Karl der Große, als Wittekind Christ geworden, gern einen Bischofsitz alldort begründen wollen und begründet. Denn es sei Raum genug vorhanden gewesen, auch bedurften die Menschen in jenen frühen Zeiten, obschon sie größer und stärker waren wie das heutige Geschlecht, des Raumes ungleich weniger wie letzteres. Und da habe Wittekind zu dem Bischof gesprochen: Es soll mein gut Schloß Visingen an der Weser gelegen zu gleichem Recht mein und dein sein und kein Streiten um das Mein und Dein: min=din, und von da an sei der neue Sitz Mindin genannt worden, daraus dann hernachmals Minden entstand. Auch Wettin, der Sachsenfürsten hehre Stammburg, soll Wittekind erbaut haben, und Wittenberg dankt ihm nicht minder seine Gründung.

Nahe der Burg am Werder soll ein greiser Christenpriester dem Helden Wittekind auf dessen Jagdgange im tiefen Walde begegnet sein und zu ihm gesprochen haben, er solle an Christum glauben und an die Macht des ewigen Gottes. Da habe der Heidenheld ein Zeichen dieser Macht gefordert, und der Priester habe im Gebet zu Gott gefleht um solch ein Zeichen. Mache, daß Wasser aus diesem Felsen springt, so will ich die Taufe annehmen! habe Wittekind gerufen, und da habe sich das Roß emporgebäumt, mit dem Huf an den Fels geschlagen, und ein Wasserstrahl sei aus dem Gestein gerauscht. Da stieg der Held vom Roß und betete und baute nachderhand eine Kirche an den heiligen Ort, die hieß dann Bergkirchen, und der Born darunter quillt noch heute und heißt der Wittekindsborn.

Als aber der große Wittekind nach einem Leben voll mannlicher Kämpfe gestorben war — manche sagen, in einer Schlacht gegen den Schwabenherzog Gerwald gefallen —, da ist zwar sein Leib in Engern, wo er auch eine Burg hatte, beigesetzt worden, aber viele haben ihn nachher doch noch wiedergesehen. Die Sage geht, daß die Schlacht auf dem Wittenfelde gar vielen braven Streitern das Leben gekostet und daß der Held endlich flüchtend gegen Ellerbruch gezogen. Da nun im Heerestroß viele Weiber und Kinder gewesen, die nicht gut fortzubringen, da habe sich das Sprichwort erfüllt: Krupp unter, krupp unter (krieche ein), die Welt ist dir gram — und es habe sich unten an der Babylonie der Berg aufgetan, und Wittekind sei mit seinem ganzen flüchtigen Heer und allem Gefolge hineingezogen und habe sich da hineinverwünscht für ewige Zeiten. Manches Mal sieht man ihn in gewissen Zeiten mit auserlesenem Gefolge im Wesergebirge auf weißen Pferden reiten, da besucht er seine Burgen, auch wird das Heer erblickt mit blinkenden Spießen, und lauter Lärm wird dann vernommen, Rossegewieher und Hornschall, und die Anwohner sagen, es bedeute Krieg, wenn der Wittekind aus der Babylonie ausreite, wie dort vom Rodenstein und Schnellert die ver-

wandte Sage geht. Auch um den grundlosen Kolk, einen Moorsee
in Westfalen, spuken zur Nacht Wittekinds Heerscharen und ziehen nach der Widekesburg — einer öden Trümmerstätte.

16. Der Soester Schatz

Nicht weit von Soest in Westfalen lag ein altes zerstörtes Haus,
Mauerreste eines Burgstalles etwa, darinnen sollte, so ging die Sage, ein großer Schatz in eiserner Truhe verborgen liegen, bewacht
von einer verwünschten Jungfrau und einem schwarzen Hunde.
Es müsse und werde einst, so meldete die Sage weiter, ein fremder
Edelmann kommen, den nie eines Weibes Brust gesäugt, der werde die Jungfrau erlösen, den Schatzkasten gewinnen und mit einem feurigen Schlüssel ihn erschließen. Trotz dieser bestimmt
ausgesprochenen Vorhersagung wagten sich aber doch unter-
schiedliche Schatzgräber, fahrende Schüler, Teufelsbanner und
solche Vaganten mehr an des Schatzes Hebung, jedoch vergeb-
lich, denn sie sahen so seltsame Gesichte und erhielten zumeist so
übeln Willkommen, daß ihnen die Lust, wiederzukehren, auf immer verging. Einst geschah es, daß ein junges Mädchen aus einem
nahen Dorfe ein paar Geißen hütete und ganz zufällig in den Hof
des alten Gemäuers kam, da trat unversehens eine Jungfrau auf
das Kind zu und fragte, was es da zu schaffen habe. Das Mägdlein
sagte, es suche Beeren und Kirschen für sich und Futter für seine
Ziegen. Da zeigte die Jungfrau auf ein Körbchen voll Kirschen
und sagte: So nimm dort von den Kirschen, komme aber nicht
wieder, damit dir nicht Übels begegnet. Das Kind erschrak,
furchtsam griff es nach den Kirschen und nahm nur sieben Stück
und eilte aus dem Gemäuer. Als es die Kirschen draußen essen
wollte, waren sie in das reinste Gold verwandelt. Die Jungfrau
aber soll das Los zahlreicher Schwestern teilen, sie soll noch immer unerlöst sein.

17. Die grüne und die dürre Linde

Hinter dem Geißenberge in Westfalen, auf dem vordessen weit verrufene Räuber hausten, besonders einer, Johann Hübner genannt, der nur ein Auge hatte und stets ein eisernes Wams trug, erhebt sich mit drei Spitzen der Kindelsberg, auf dem hat auch ein Schloß gestanden, das war voll Ritter, die gerade so schlimm und so schlecht waren wie ihre Nachbarn, die Räuber auf dem Geißenberge, nur daß sie reich waren und ein ergiebiges Silberbergwerk besaßen; dieser Reichtum aber war es eben, der sie übermütig machte. Sie spielten nur mit goldnen und silbernen Kegeln und Kugeln, wie die Einwohner zu Reichmannsdorf bei Saalfeld in Thüringen, buken sich dicke Kuchen von Semmelteig so groß wie Kutschenräder und machten Löcher hinein und steckten sie an die Achsen, während teure Zeiten waren und die Menschen kein Brot zu essen hatten, bis Gottes Langmut über der Ritter Frevel und Sünden ein Ende nahm und ihre Strafe einen Anfang. Spät eines Abends kam ein weißes Männlein in das Schloß auf dem Kindelberge und prophezeite, alle gottlosen Bewohner der Burg würden sterben, und nur der jüngste Sohn und eine Tochter, die beide fromm waren, würden am Leben bleiben; zum Wahrzeichen werde morgenden Tages eine trächtige Kuh im Burgstalle zwei Lämmer werfen. Das Männlein wurde als töricht verlacht und spöttlich aus der Burg gewiesen — und des andern Tages kalbte die Kuh nicht, sondern sie lammte. Da war der Schrecken und die Angst groß, und am dritten Tage kam eine schwinde Krankheit, gleich einer Pestilenz, und raffte alle die Gottlosen dahin. Der am Leben bleibende jüngste Sohn zog mit einem jungen Grafen von der Mark in den Krieg und verlobte ihm seine Schwester, um welche auch, wiewohl vergebens, einer der Raubritter vom Geißenberge warb, den man nur den Ritter mit dem schwarzen Pferde nannte. Sie wies ihn aber ab und sagte, sie werde ihn lieben, wenn die Linde vor ihrem Fenster dürr sei und nie mehr grüne. Da hob der Raubritter heimlich die grüne Linde aus und setzte eine dürre hin, und als er nun ihre Hand forderte, die doch schon versagt war, sprach sie zu ihm: Ich kann dich doch nicht lieben, und wenn ein ganzer dürrer Lindenwald draußen stände. Da stach ihr der Ritter sein Schwert durchs Herz. An demselben Tage kehrte ihr Verlobter mit ihrem Bruder aus dem Kriege heim, und als er sein Lieb ermordet fand, schwur er sie zu rächen, zog aus und erschlug den Ritter mit dem schwarzen Pferde. Dann begrub er mit dem Bruder die Jungfrau, und sie setzten eine grüne Linde auf ihr Grab und einen großen Stein, der immer noch vorhanden ist.

Quellenhinweis

Die vorliegende Sammlung vereinigt in sich sämtliche in Ludwig Bechsteins „Deutschem Sagenbuch" (Leipzig 1853, Verlag von Georg Wigand; Neuausgabe von K. M. Schiller: Meersburg und Leipzig 1930) enthaltenen Sagen der Territorien Niedersachsen, Bremen, Westfalen und Lippe-Detmold.
Sagennummern der Originalausgabe: 162, 378, 163−166, 274−276, 280−282, 291−294, 298, 301−313, 376, 382−396, 442, 277−279, 283−288, 295−297, 299, 300, 377, 379, 381.

Bildnachweis

Deutschland. Ansichten aus alter und neuer Zeit. Der Westen. Dr. Hans Peters Verlag. Honnef/Rhein. 1961: Der Dom zu Osnabrück − Der Sand zu Lüneburg − Der Dom zu Bremen − Im Kreuzgarten des Domes zu Hildesheim − Martinikirche und Rathaus zu Braunschweig − Der Marktplatz zu Goslar
Schlösser und Herrensitze in Westfalen. Verlag Wolfgang Weidlich. Frankfurt a. M. 1958: Kloster Corvey bei Höxter

Nachwort des Herausgebers

Niedersachsen, das heutige Bundesland, und Westfalen, die frühere preußische Provinz, bilden das Kernstück des von dem westgermanischen Stamm der Sachsen ursprünglich besiedelten Gebietes.

Das vorliegende Buch vereinigt in sich sämtliche von Ludwig Bechstein nacherzählte Sagen der genannten Territorien unter Einschluß von Bremen und Lippe-Detmold.

Der Spätromantiker *Ludwig Bechstein* (geb. 1801 in Weimar, gest. 1860 in Meiningen) ist der namhafteste deutsche Märchen- und Sagensammler nach den *Brüdern Grimm*, die mit ihren Editionen der *Kinder- und Hausmärchen* (1812/15) und der *Deutschen Sagen* (1816/18) den Weg gewiesen hatten.[1] In dem zuerst 1845 erschienenen *Deutschen Märchenbuch*[2] und dem *Deutschen Sagenbuch* von 1853 hat uns Bechstein zwei klassische Sammelwerke deutscher Volksliteratur geschenkt. Auf dem letzteren fußt das von mir herausgegebene Sagenbuch.

Wie Bechstein bei der Sammlung und Bearbeitung des Sagenmaterials vorgegangen ist, berichtet er selbst im Vorwort seines „Deutschen Sagenbuches":

„Ich bin den Sagen viel und lange nachgegangen und nachgezogen; im Thüringerwalde kenne ich so ziemlich jeden Weg und Steg; ich überwanderte Harz und Riesengebirge, Rhön und Spessart; ich stand auf dem Aachener, auf dem Kölner Dom und auf dem Straßburger Münster; des Neckars, des Lech, des Rhein- und Mainstromes wie der Donau Wellen hab' ich fließen sehen. Ich hörte den Bach der Reismühle rauschen, der von Karl des Großen Geburt erzählt, und umwandelte des Unterbergs und des Watzmann sagenreichen Hochgipfel . . Auf dieser Wanderung nahm ich gern gründliche und gediegene Sagensammler zu freundlichen Geleitsmännern . . Keinen einzigen Gewährsmann habe ich geradezu abgeschrieben, weder die neuen noch die alten, denn das erachte ich für eine gar geringe Kunst . . Nur wo ich Sagen in Dialekten in das Hochdeutsche zu übertragen hatte, übertrug ich meistens treu, um ihre Spitzen nicht abzustumpfen; außerdem habe ich jede Sage zu meinem Eigentum gemacht und sie nach meiner Eigentümlichkeit wieder neu erzählt . . Ob ich den rechten Ton traf, wird sich zeigen. Einfachheit im Ton der Erzählung ist beim Wiedergeben der Sagen unerläßliche Bedingnis; keine novellistische, romanhafte Verwässerung, keine blümelnde Schreibweise steht der Behandlung der Sagen an, wo diese Selbstzweck ist — wohl aber darf der Erzählungston wechseln je nach dem Stoff, ja selbst nach der Zeit, der dieser Stoff angehört; er darf streng, herb und derb, romantisch, lustig, kernhaft, nicht minder idyllisch, rührend und erschütternd sein. Der Sagenerzähler muß wissen, welche Tonart er anzuschlagen habe; eine nach vorgefaßter Meinung bestimmte von ihm zu fordern, dazu ist keine Berechtigung vorhanden. Über einen Leisten läßt sich nicht alles schlagen. Die Sagen können so wenig eines Schriftstiles sein wie Häuser und Kirchen eines Baustiles. Das Einerlei ermüdet, und leicht wird ein frischer Geist des trockenen Tones satt. Viele Sagen sind so durch und durch voll Humor, daß ernste Erzählweise sie töten hieße – darum ward zum öftern die heitere vorgezogen. Metrisch bearbeitete Sagen in Prosa aufzulösen trug ich die größte Scheu und habe es nur einigemal getan . . Manche Sage, die ich allzudürftig fand, konnte ich erweitern, aus Kenntnis ihrer Örtlichkeit oder aus anderen schriftlichen und mündlichen Quellen, manche andere mußte ich kürzen und auf das rechte Maß zurückführen. "

[1] Bechstein erwähnt öfters, was er den Grimms verdankt, z. B.: „In den Sagensammlungen der Länder Thüringen und Franken . . betrat ich den von den Brüdern Grimm vorgezeichneten Weg." „Voran stehen (unter den Sagenbuchautoren, die Bechstein benutzt hat) mit vollem Recht die Brüder J. und W. Grimm." (Zitate aus dem Vorwort des „Deutschen Sagenbuches")

[2] Dieses Buch erlebte zahlreiche Auflagen. Eine Umarbeitung unter dem fortan beibehaltenen Titel „Ludwig Bechsteins Märchenbuch" erschien 1853.

Inhaltsverzeichnis

I. Sagen aus Niedersachsen (einschließlich Bremen)

II. Sagen aus Westfalen (einschließlich Lippe-Detmold)

Regionalia im HUSUM TASCHEN BUCH

HUSUM **HUSUM DRUCK- UND VERLAGSGESELLSCHAFT** Postfach 1480 · 2250 Husum